GRöLS Verlage

„BÜCHER SIND WIE FALLSCHIRME. SIE NÜTZEN UNS NICHTS, WENN WIR SIE NICHT ÖFFNEN."

Gröls Verlag

Redaktionelle Hinweise und Impressum

Das vorliegende Werk wurde zugunsten der Authentizität sehr zurückhaltend bearbeitet. So wurden etwa ursprüngliche Rechtschreibfehler *nicht* systematisch behoben, denn kleine Unvollkommenheiten machen das Buch – wie im Übrigen den Menschen – erst authentisch. Mitunter wurden jedoch zum Beispiel Absätze behutsam neu getrennt, um den Lesefluss zu erleichtern.

Um die Texte zu rekonstruieren, werden antiquarische Bücher von Lesegeräten gescannt und dann durch eine Software lesbar gemacht. Der so entstandene Text wird von Menschen gegengelesen und korrigiert – hierbei treten auch Fehler auf. Wenn Sie ebenfalls antiquarische Texte einreichen möchten, finden Sie weitere Informationen auf www.groels.de

Viel Freude bei der Lektüre wünscht Ihnen das Team des Gröls-Verlags.

Adressen

Verleger: Sophia Gröls, Im Borngrund 26, 61440 Oberursel

Externer Dienstleister für Distribution & Herstellung: BoD, In de Tarpen 42, 22848 Norderstedt

Unsere „Edition | Werke der Weltliteratur“ hat den Anspruch, eine der größten und vollständigsten Sammlungen klassischer Literatur in deutscher Sprache zu sein. Nach und nach versammeln wir hier nicht nur die „üblichen Verdächtigen“ von Goethe bis Schiller, sondern auch Kleinode der vergangenen Jahrhunderte, die – zu Unrecht – drohen, in Vergessenheit zu geraten. Wir kultivieren und kuratieren damit einen der wertvollsten Bereiche der abendländischen Kultur. Kleine Auswahl:

Francis Bacon • Neues Organon • **Balzac** • Glanz und Elend der Kurtisanen • **Joachim H. Campe** • Robinson der Jüngere • **Dante Alighieri** • Die Göttliche Komödie • **Daniel Defoe** • Robinson Crusoe • **Charles Dickens** • Oliver Twist • **Denis Diderot** • Jacques der Fatalist • **Fjodor Dostojewski** • Schuld und Sühne • **Arthur Conan Doyle** • Der Hund von Baskerville • **Marie von Ebner-Eschenbach** • Das Gemeindekind • **Elisabeth von Österreich** • Das Poetische Tagebuch • **Friedrich Engels** • Die Lage der arbeitenden Klasse • **Ludwig Feuerbach** • Das Wesen des Christentums • **Johann G. Fichte** • Reden an die deutsche Nation • **Fitzgerald** • Zärtlich ist die Nacht • **Flaubert** • Madame Bovary • **Gorch Fock** • Seefahrt ist not! • **Theodor Fontane** • Effi Briest • **Robert Musil** • Über die Dummheit • **Edgar Wallace** • Der Frosch mit der Maske • **Jakob Wassermann** • Der Fall Maurizius • **Oscar Wilde** • Das Bildnis des Dorian Grey • **Émile Zola** • Germinal • **Stefan Zweig** • Schachnovelle • **Hugo von Hofmannsthal** • Der Tor und der Tod • **Anton Tschechow** • Ein Heiratsantrag • **Arthur Schnitzler** • Reigen • **Friedrich Schiller** • Kabale und Liebe • **Nicolo Machiavelli** • Der Fürst • **Gotthold E. Lessing** • Nathan der Weise • **Augustinus** • Die Bekenntnisse des heiligen Augustinus • **Marcus Aurelius** • Selbstbetrachtungen • **Charles Baudelaire** • Die Blumen des Bösen • **Harriett Stowe** • Onkel Toms Hütte • **Walter Benjamin** • Deutsche Menschen • **Hugo Bettauer** • Die Stadt ohne Juden • **Lewis Caroll** • *und viele mehr….*

Friedrich Hölderlin

Hyperion

oder

Der Eremit in Griechenland

Inhalt

I. Band

Non coerceri maximo, contineri minimo, divinum est.

Vorrede

Ich verspräche gerne diesem Buche die Liebe der Deutschen. Aber ich fürchte, die einen werden es lesen, wie ein Kompendium, und um das *fabula docet* sich zu sehr bekümmern, indes die andern gar zu leicht es nehmen, und beide Teile verstehen es nicht.

Wer bloß an meiner Pflanze riecht, der kennt sie nicht, und wer sie pflückt, bloß, um daran zu lernen, kennt sie auch nicht.

Die Auflösung der Dissonanzen in einem gewissen Charakter ist weder für das bloße Nachdenken, noch für die leere Lust.

Der Schauplatz, wo sich das Folgende zutrug, ist nicht neu, und ich gestehe, daß ich einmal kindisch genug war, in dieser Rücksicht eine Veränderung mit dem Buche zu versuchen, aber ich überzeugte mich, daß er der einzig angemessene für Hyperions elegischen Charakter wäre, und schämte mich, daß mich das wahrscheinliche Urteil des Publikums so übertrieben geschmeidig gemacht.

Ich bedaure, daß für jetzt die Beurteilung des Plans noch nicht jedem möglich ist. Aber der zweite Band soll so schnell, wie möglich, folgen.

Erstes Buch

Hyperion an Bellarmin

Der liebe Vaterlandsboden gibt mir wieder Freude und Leid.

Ich bin jetzt alle Morgen auf den Höhn des Korinthischen Isthmus, und, wie die Biene unter Blumen, fliegt meine Seele oft hin und her zwischen den Meeren, die zur Rechten und zur Linken meinen glühenden Bergen die Füße kühlen.

Besonders der Eine der beeden Meerbusen hätte mich freuen sollen, wär ich ein Jahrtausend früher hier gestanden.

Wie ein siegender Halbgott, wallte da zwischen der herrlichen Wildnis des Helikon und Parnaß, wo das Morgenrot um hundert überschneite Gipfel spielt, und zwischen der paradiesischen Ebene von Sicyon der glänzende Meerbusen herein, gegen die Stadt der Freude, das jugendliche Korinth, und schüttete den erbeuteten Reichtum aller Zonen vor seiner Lieblingin aus.

Aber was soll mir das? Das Geschrei des Jakals, der unter den Steinhaufen des Altertums sein wildes Grablied singt, schröckt ja aus meinen Träumen mich auf.

Wohl dem Manne, dem ein blühend Vaterland das Herz erfreut und stärkt! Mir ist, als würd ich in den Sumpf geworfen, als schlüge man den Sargdeckel über mir zu, wenn einer an das meinige mich mahnt, und wenn mich einer einen Griechen nennt, so wird mir immer, als schnürt' er mit dem Halsband eines Hundes mir die Kehle zu.

Und siehe, mein Bellarmin! wenn manchmal mir so ein Wort entfuhr, wohl auch im Zorne mir eine Träne ins Auge trat, so kamen dann die weisen Herren, die unter euch Deutschen so gerne spuken, die Elenden, denen ein leidend Gemüt so gerade recht ist, ihre Sprüche anzubringen, die taten dann sich gütlich, ließen sich beigehn, mir zu sagen: klage nicht, handle!

O hätt ich doch nie gehandelt! um wie manche Hoffnung wär ich reicher! –

Ja, vergiß nur, daß es Menschen gibt, darbendes, angefochtenes, tausendfach geärgertes Herz! und kehre wieder dahin, wo du ausgingst, in die Arme der Natur, der wandellosen, stillen und schönen.

Hyperion an Bellarmin

Ich habe nichts, wovon ich sagen möchte, es sei mein eigen.

Fern und tot sind meine Geliebten, und ich vernehme durch keine Stimme von ihnen nichts mehr.

Mein Geschäft auf Erden ist aus. Ich bin voll Willens an die Arbeit gegangen, habe geblutet darüber, und die Welt um keinen Pfenning reicher gemacht.

Ruhmlos und einsam kehr ich zurück und wandre durch mein Vaterland, das, wie ein Totengarten, weit umher liegt, und mich erwartet vielleicht das Messer des Jägers, der uns Griechen, wie das Wild des Waldes, sich zur Lust hält.

Aber du scheinst noch, Sonne des Himmels! Du grünst noch, heilige Erde! Noch rauschen die Ströme ins Meer, und schattige Bäume säuseln im Mittag.

Der Wonnegesang des Frühlings singt meine sterblichen Gedanken in Schlaf. Die Fülle der allebendigen Welt ernährt und sättiget mit Trunkenheit mein darbend Wesen.

O selige Natur! Ich weiß nicht, wie mir geschiehet, wenn ich mein Auge erhebe vor deiner Schöne, aber alle Lust des Himmels ist in den Tränen, die ich weine vor dir, der Geliebte vor der Geliebten.

Mein ganzes Wesen verstummt und lauscht, wenn die zarte Welle der Luft mir um die Brust spielt. Verloren ins weite Blau, blick ich oft hinauf an den Aether und hinein ins heilige Meer, und mir ist, als öffnet' ein verwandter Geist mir die Arme, als löste der Schmerz der Einsamkeit sich auf ins Leben der Gottheit.

Eines zu sein mit Allem, das ist Leben der Gottheit, das ist der Himmel des Menschen.

Eines zu sein mit Allem, was lebt, in seliger Selbstvergessenheit wiederzukehren ins All der Natur, das ist der Gipfel der Gedanken und Freuden, das ist die heilige Bergeshöhe, der Ort der ewigen Ruhe, wo der Mittag seine Schwüle und der Donner seine Stimme verliert und das kochende Meer der Woge des Kornfelds gleicht.

Eines zu sein mit Allem, was lebt! Mit diesem Worte legt die Tugend den zürnenden Harnisch, der Geist des Menschen den Zepter weg, und alle Gedanken schwinden vor dem Bilde der ewigeinigen Welt, wie die Regeln des ringenden Künstlers vor seiner Urania, und das eherne Schicksal entsagt der Herrschaft, und aus dem Bunde der Wesen schwindet der Tod, und Unzertrennlichkeit und ewige Jugend beseliget, verschönert die Welt.

Auf dieser Höhe steh ich oft, mein Bellarmin! Aber ein Moment des Besinnens wirft mich herab. Ich denke nach und finde mich, wie ich zuvor war, allein, mit allen Schmerzen der Sterblichkeit, und meines Herzens Asyl, die ewigeinige Welt, ist hin; die Natur verschließt die Arme, und ich stehe, wie ein Fremdling, vor ihr, und verstehe sie nicht.

Ach! wär ich nie in eure Schulen gegangen. Die Wissenschaft, der ich in den Schacht hinunter folgte, von der ich, jugendlich töricht, die Bestätigung meiner reinen Freude erwartete, die hat mir alles verdorben.

Ich bin bei euch so recht vernünftig geworden, habe gründlich mich unterscheiden gelernt von dem, was mich umgibt, bin nun vereinzelt in der schönen Welt, bin so ausgeworfen aus dem Garten der Natur, wo ich wuchs und blühte, und vertrockne an der Mittagssonne.

O ein Gott ist der Mensch, wenn er träumt, ein Bettler, wenn er nachdenkt, und wenn die Begeisterung hin ist, steht er da, wie ein mißratener Sohn, den der Vater aus dem Hause stieß, und betrachtet die ärmlichen Pfennige, die ihm das Mitleid auf den Weg gab.

Hyperion an Bellarmin

Ich danke dir, daß du mich bittest, dir von mir zu erzählen, daß du die vorigen Zeiten mir ins Gedächtnis bringst.

Das trieb mich auch nach Griechenland zurück, daß ich den Spielen meiner Jugend näher leben wollte.

Wie der Arbeiter in den erquickenden Schlaf, sinkt oft mein angefochtenes Wesen in die Arme der unschuldigen Vergangenheit.

Ruhe der Kindheit! himmlische Ruhe! wie oft steh ich stille vor dir in liebender Betrachtung, und möchte dich denken! Aber wir haben ja nur Begriffe von dem, was einmal schlecht gewesen und wieder gut gemacht ist; von Kindheit, Unschuld haben wir keine Begriffe.

Da ich noch ein stilles Kind war und von dem allem, was uns umgibt, nichts wußte, war ich da nicht mehr, als jetzt, nach all den Mühen des Herzens und all dem Sinnen und Ringen?

Ja! ein göttlich Wesen ist das Kind, solang es nicht in die Chamäleonsfarbe der Menschen getaucht ist.

Es ist ganz, was es ist, und darum ist es so schön.

Der Zwang des Gesetzes und des Schicksals betastet es nicht; im Kind ist Freiheit allein.

In ihm ist Frieden; es ist noch mit sich selber nicht zerfallen. Reichtum ist in ihm; es kennt sein Herz, die Dürftigkeit des Lebens nicht. Es ist unsterblich, denn es weiß vom Tode nichts.

Aber das können die Menschen nicht leiden. Das Göttliche muß werden, wie ihrer einer, muß erfahren, daß sie auch da sind, und eh es die Natur aus seinem Paradiese treibt, so schmeicheln und schleppen die Menschen es heraus, auf das Feld des Fluchs, daß es, wie sie, im Schweiße des Angesichts sich abarbeite.

Aber schön ist auch die Zeit des Erwachens, wenn man nur zur Unzeit uns nicht weckt.

O es sind heilige Tage, wo unser Herz zum ersten Male die Schwingen übt, wo wir, voll schnellen feurigen Wachstums, dastehn in der herrlichen Welt, wie die junge Pflanze, wenn sie der Morgensonne sich aufschließt, und die kleinen Arme dem unendlichen Himmel entgegenstreckt.

Wie es mich umhertrieb an den Bergen und am Meeresufer! ach wie ich oft da saß mit klopfendem Herzen, auf den Höhen von Tina, und den Falken und Kranichen nachsah, und den kühnen fröhlichen Schiffen, wenn sie hinunterschwanden am Horizont! Dort hinunter! dacht ich, dort wanderst du auch einmal hinunter, und mir war, wie einem Schmachtenden, der ins kühlende Bad sich stürzt und die schäumenden Wasser über die Stirne sich schüttet.

Seufzend kehrt ich dann nach meinem Hause wieder um. Wenn nur die Schülerjahre erst vorüber wären, dacht ich oft.

Guter Junge! sie sind noch lange nicht vorüber.

Daß der Mensch in seiner Jugend das Ziel so nahe glaubt! Es ist die schönste aller Täuschungen, womit die Natur der Schwachheit unsers Wesens aufhilft.

Und wenn ich oft dalag unter den Blumen und am zärtlichen Frühlingslichte mich sonnte, und hinaufsah ins heitre Blau, das die warme Erde umfing, wenn ich unter den Ulmen und Weiden, im Schoße des Berges saß, nach einem erquickenden Regen, wenn die Zweige noch bebten von den Berührungen des Himmels, und über dem tröpfelnden Walde sich goldne Wolken bewegten, oder wenn der Abendstern voll friedlichen Geistes heraufkam mit den alten Jünglingen, den übrigen Helden des Himmels, und ich so sah, wie das Leben in ihnen in ewiger müheloser Ordnung durch den Aether sich fortbewegte, und die Ruhe der Welt mich umgab und erfreute, daß ich aufmerkte und lauschte, ohne zu wissen, wie mir geschah – hast du mich lieb, guter Vater im Himmel! fragt ich dann leise, und fühlte seine Antwort so sicher und selig am Herzen.

O du, zu dem ich rief, als wärst du über den Sternen, den ich Schöpfer des Himmels nannte und der Erde, freundlich Idol meiner Kindheit, du wirst nicht zürnen, daß ich deiner vergaß! – Warum ist die Welt nicht dürftig genug, um außer ihr noch Einen zu suchen?

O wenn sie eines Vaters Tochter ist, die herrliche Natur, ist das Herz der Tochter nicht sein Herz? Ihr Innerstes, ists nicht Er? Aber hab ichs denn? kenn ich es denn?

Es ist, als säh ich, aber dann erschreck ich wieder, als wär es meine eigne Gestalt, was ich gesehn, es ist, als fühlt ich ihn, den Geist der Welt, wie eines Freundes warme Hand, aber ich erwache und meine, ich habe meine eignen Finger gehalten.

Hyperion an Bellarmin

Weißt du, wie Plato und sein Stella sich liebten?

So liebt ich, so war ich geliebt. O ich war ein glücklicher Knabe!

Es ist erfreulich, wenn gleiches sich zu gleichem gesellt, aber es ist göttlich, wenn ein großer Mensch die kleineren zu sich aufzieht.

Ein freundlich Wort aus eines tapfern Mannes Herzen, ein Lächeln, worin die verzehrende Herrlichkeit des Geistes sich verbirgt, ist wenig und viel, wie ein zauberisch Losungswort, das Tod und Leben in seiner einfältigen Silbe verbirgt, ist, wie ein geistig Wasser, das aus der Tiefe der Berge quillt, und die geheime Kraft der Erde uns mitteilt in seinem kristallenen Tropfen.

Wie haß ich dagegen alle die Barbaren, die sich einbilden, sie seien weise, weil sie kein Herz mehr haben, alle die rohen Unholde, die tausendfältig die jugendliche Schönheit töten und zerstören, mit ihrer kleinen unvernünftigen Mannszucht!

Guter Gott! Da will die Eule die jungen Adler aus dem Neste jagen, will ihnen den Weg zur Sonne weisen!

Verzeih mir, Geist meines Adamas! daß ich dieser gedenke vor dir. Das ist der Gewinn, den uns Erfahrung gibt, daß wir nichts Treffliches uns denken, ohne sein ungestaltes Gegenteil.

O daß nur du mir ewig gegenwärtig wärest, mit allem, was dir verwandt ist, traurender Halbgott, den ich meine! Wen du umgibst, mit deiner Ruhe und Stärke, Sieger und Kämpfer, wem du begegnest mit deiner Liebe und Weisheit, der fliehe, oder werde, wie du! Unedles und Schwaches besteht nicht neben dir.

Wie oft warst du mir nahe, da du längst mir ferne warst, verklärtest mich mit deinem Lichte, und wärmtest mich, daß mein erstarrtes Herz sich wieder bewegte, wie der verhärtete Quell, wenn der Strahl des Himmels ihn berührt! Zu den Sternen hätt ich dann fliehn mögen mit meiner Seligkeit, damit sie mir nicht entwürdigt würde von dem, was mich umgab.

Ich war aufgewachsen, wie eine Rebe ohne Stab, und die wilden Ranken breiteten richtungslos über dem Boden sich aus. Du weißt ja, wie so manche edle Kraft bei uns zu Grunde geht, weil sie nicht genützt wird. Ich schweifte herum, wie ein Irrlicht, griff alles an, wurde von allem ergriffen, aber auch nur für den Moment, und die unbehülflichen Kräfte matteten vergebens sich ab. Ich fühlte, daß mirs überall fehlte, und konnte doch mein Ziel nicht finden. So fand er mich.

Er hatt an seinem Stoffe, der sogenannten kultivierten Welt, lange genug Geduld und Kunst geübt, aber sein Stoff war Stein und Holz gewesen und geblieben, nahm wohl zur Not die edle Menschenform von außen an, aber um dies wars meinem Adamas nicht zu tun; er wollte Menschen, und, um diese zu schaffen, hatt er seine Kunst zu arm gefunden. Sie waren einmal da gewesen, die er suchte, die zu schaffen, seine Kunst zu arm war, das erkannt er deutlich. Wo sie da gewesen, wußt er auch. Da wollt er hin und unter dem Schutt nach ihrem Genius fragen, mit diesem sich die einsamen Tage zu verkürzen. Er kam nach Griechenland. So fand ich ihn.

Noch seh ich ihn vor mich treten in lächelnder Betrachtung, noch hör ich seinen Gruß und seine Fragen.

Wie eine Pflanze, wenn ihr Friede den strebenden Geist besänftigt, und die einfältige Genügsamkeit wiederkehrt in die Seele – so stand er vor mir.

Und ich, war ich nicht der Nachhall seiner stillen Begeisterung? wiederholten sich nicht die Melodien seines Wesens in mir? Was ich sah, ward ich, und es war Göttliches, was ich sah.

Wie unvermögend ist doch der gutwilligste Fleiß der Menschen gegen die Allmacht der ungeteilten Begeisterung.

Sie weilt nicht auf der Oberfläche, faßt nicht da und dort uns an, braucht keiner Zeit und keines Mittels; Gebot und Zwang und Überredung braucht sie nicht; auf allen Seiten, in allen Tiefen und Höhen ergreift sie im Augenblick uns, und wandelt, ehe sie da ist für uns, ehe wir fragen, wie uns geschiehet, durch und durch in ihre Schönheit, ihre Seligkeit uns um.

Wohl dem, wem auf diesem Wege ein edler Geist in früher Jugend begegnete!

O es sind goldne unvergeßliche Tage, voll von den Freuden der Liebe und süßer Beschäftigung!

Bald führte mein Adamas in die Heroenwelt des Plutarch, bald in das Zauberland der griechischen Götter mich ein, bald ordnet' und beruhigt' er mit Zahl und Maß das jugendliche Treiben, bald stieg er auf die Berge mit mir; des Tags, um die Blumen der Heide und des Walds und die wilden Moose des Felsen, des Nachts, um über uns die heiligen Sterne zu schauen, und nach menschlicher Weise zu verstehen.

Es ist ein köstlich Wohlgefühl in uns, wenn so das Innere an seinem Stoffe sich stärkt, sich unterscheidet und getreuer anknüpft und unser Geist allmählich waffenfähig wird.

Aber dreifach fühlt ich ihn und mich, wenn wir, wie Manen aus vergangner Zeit, mit Stolz und Freude, mit Zürnen und Trauern an den Athos hinauf und von da hinüberschifften in den Hellespont und dann hinab an die Ufer von Rhodus und die Bergschlünde von Tänarum, durch die stillen Inseln alle, wenn da die Sehnsucht über die Küsten hinein uns trieb, ins düstre Herz des alten Peloponnes, an die einsamen Gestade des Eurotas, ach! die ausgestorbnen Tale von Elis und Nemea und Olympia, wenn wir da, an eine Tempelsäule des vergeßnen Jupiters gelehnt, umfangen von Lorbeerrosen und Immergrün, ins wilde Flußbett sahn, und das Leben des Frühlings und die ewig jugendliche Sonne uns mahnte, daß auch der Mensch einst da war, und nun dahin ist, daß des Menschen herrliche Natur jetzt kaum noch da ist, wie das Bruchstück eines Tempels oder im Gedächtnis, wie ein Totenbild – da saß ich traurig spielend neben ihm, und pflückte das Moos von eines Halbgotts Piedestal, grub eine marmorne Heldenschulter aus dem Schutt, und schnitt den Dornbusch und das Heidekraut von den halbbegrabnen Architraven, indes mein Adamas die Landschaft zeichnete, wie sie freundlich tröstend den Ruin umgab, den Weizenhügel, die Oliven, die Ziegenherde, die am Felsen des Gebirgs hing, den Ulmenwald, der von den Gipfeln in das Tal sich stürzte; und die Lacerte spielte zu unsern Füßen, und die Fliegen umsummten uns in der Stille des Mittags – Lieber Bellarmin! ich hätte Lust, so pünktlich dir, wie Nestor, zu erzählen; ich ziehe durch die Vergangenheit, wie ein Ährenleser über die Stoppeläcker, wenn der Herr des Lands geerntet hat; da liest man jeden Strohhalm auf. Und wie ich neben ihm stand auf den Höhen von Delos, wie das ein Tag war, der mir graute, da ich mit ihm an der Granitwand des Cynthus die alten Marmortreppen hinaufstieg. Hier wohnte der Sonnengott einst, unter den himmlischen Festen, wo ihn, wie goldnes Gewölk, das versammelte Griechenland umglänzte. In Fluten der Freude und Begeisterung warfen hier, wie Achill in den Styx, die griechischen Jünglinge sich, und gingen unüberwindlich, wie der Halbgott, hervor. In den Hainen, in den Tempeln erwachten und tönten in einander ihre Seelen, und treu bewahrte jeder die entzückenden Akkorde.

Aber was sprech ich davon? Als hätten wir noch eine Ahnung jener Tage! Ach! es kann ja nicht einmal ein schöner Traum gedeihen unter dem Fluche, der über uns lastet. Wie ein heulender Nordwind, fährt die Gegenwart über die Blüten unsers Geistes und versengt sie im Entstehen. Und doch war es ein goldner Tag, der auf dem Cynthus mich umfing! Es dämmerte noch, da wir schon oben waren. Jetzt kam er herauf in seiner ewigen Jugend, der alte Sonnengott, zufrieden und mühelos, wie immer, flog der unsterbliche Titan mit seinen tausend eignen Freuden herauf, und lächelt' herab auf sein verödet Land, auf seine Tempel, seine Säulen, die das Schicksal vor ihn hingeworfen hatte, wie die dürren Rosenblätter, die im Vorübergehen ein Kind gedankenlos vom Strauche riß, und auf die Erde säete.

Sei, wie dieser! rief mir Adamas zu, ergriff mich bei der Hand und hielt sie dem Gott entgegen, und mir war, als trügen uns die Morgenwinde mit sich fort, und brächten uns ins Geleite des heiligen Wesens, das nun hinaufstieg auf den Gipfel des Himmels, freundlich und groß, und wunderbar mit seiner Kraft und seinem Geist die Welt und uns erfüllte.

Noch trauert und frohlockt mein Innerstes über jedes Wort, das mir damals Adamas sagte, und ich begreife meine Bedürftigkeit nicht, wenn oft mir wird, wie damals ihm sein mußte. Was ist Verlust, wenn so der Mensch in seiner eignen Welt sich findet? In uns ist alles. Was kümmerts dann den Menschen, wenn ein Haar von seinem Haupte fällt? Was ringt er so nach Knechtschaft, da er ein Gott sein könnte! Du wirst einsam sein, mein Liebling! sagte mir damals Adamas auch, du wirst sein wie der Kranich, den seine Brüder zurückließen in rauher Jahrszeit, indes sie den Frühling suchen im fernen Lande.

Und das ists, Lieber! Das macht uns arm bei allem Reichtum, daß wir nicht allein sein können, daß die Liebe in uns, so lange wir leben, nicht erstirbt. Gib mir meinen Adamas wieder, und komm mit allen, die mir angehören, daß die alte schöne Welt sich unter uns erneure, daß wir uns versammeln und vereinen in den Armen unserer Gottheit, der Natur, und siehe! so weiß ich nichts von Notdurft.

Aber sage nur niemand, daß uns das Schicksal trenne! Wir sinds, wir! wir haben unsre Lust daran, uns in die Nacht des Unbekannten, in die kalte Fremde irgend einer andern Welt zu stürzen, und, wär es möglich, wir verließen der Sonne Gebiet und stürmten über des Irrsterns Grenzen hinaus. Ach! für des Menschen wilde Brust ist keine Heimat möglich; und wie der Sonne Strahl die Pflanzen der Erde, die er entfaltete, wieder versengt, so tötet der Mensch die süßen Blumen, die an seiner Brust gedeihten, die Freuden der Verwandtschaft und der Liebe.

Es ist, als zürnt ich meinem Adamas, daß er mich verließ, aber ich zürn ihm nicht. O er wollte ja wieder kommen!

In der Tiefe von Asien soll ein Volk von seltner Trefflichkeit verborgen sein; dahin trieb ihn seine Hoffnung weiter.

Bis Nio begleitet ich ihn. Es waren bittere Tage. Ich habe den Schmerz ertragen gelernt, aber für solch ein Scheiden hab ich keine Kraft in mir.

Mit jedem Augenblicke, der uns der letzten Stunde näher brachte, wurd es sichtbarer, wie dieser Mensch verwebt war in mein Wesen. Wie ein Sterbender den fliehenden Othem, hielt ihn meine Seele.

Am Grabe Homers brachten wir noch einige Tage zu, und Nio wurde mir die heiligste unter den Inseln.

Endlich rissen wir uns los. Mein Herz hatte sich müde gerungen. Ich war ruhiger im letzten Augenblicke. Auf den Knieen lag ich vor ihm, umschloß ihn zum letzten Male mit diesen Armen; gib mir einen Segen, mein Vater! rief ich leise zu ihm hinauf, und er lächelte groß, und seine Stirne breitete vor den Sternen des Morgens sich aus und sein Auge durchdrang die Räume des Himmels – Bewahrt ihn mir, rief er, ihr Geister besserer Zeit! und zieht zu eurer Unsterblichkeit ihn auf, und all ihr freundlichen Kräfte des Himmels und der Erde, seid mit ihm!

Es ist ein Gott in uns, setzt' er ruhiger hinzu, der lenkt, wie Wasserbäche, das Schicksal, und alle Dinge sind sein Element. Der sei vor allem mit dir!

So schieden wir. Leb wohl, mein Bellarmin!

Hyperion an Bellarmin

Wohin könnt ich mir entfliehen, hätt ich nicht die lieben Tage meiner Jugend?

Wie ein Geist, der keine Ruhe am Acheron findet, kehr ich zurück in die verlaßnen Gegenden meines Lebens. Alles altert und verjüngt sich wieder. Warum sind wir ausgenommen vom schönen Kreislauf der Natur? Oder gilt er auch für uns?

Ich wollt es glauben, wenn Eines nicht in uns wäre, das ungeheure Streben, Alles zu sein, das, wie der Titan des Aetna, heraufzürnt aus den Tiefen unsers Wesens.

Und doch, wer wollt es nicht lieber in sich fühlen, wie ein siedend Öl, als sich gestehn, er sei für die Geißel und fürs Joch geboren? Ein tobend Schlachtroß oder eine Mähre, die das Ohr hängt, was ist edler?

Lieber! es war eine Zeit, da auch meine Brust an großen Hoffnungen sich sonnte, da auch mir die Freude der Unsterblichkeit in allen Pulsen schlug, da ich wandelt unter herrlichen Entwürfen, wie in weiter Wäldernacht, da ich glücklich, wie die Fische des Ozeans, in meiner uferlosen Zukunft weiter, ewig weiter drang.

Wie mutig, selige Natur! entsprang der Jüngling deiner Wiege! wie freut' er sich in seiner unversuchten Rüstung! Sein Bogen war gespannt und seine Pfeile rauschten im Köcher, und die Unsterblichen, die hohen Geister des Altertums führten ihn an, und sein Adamas war mitten unter ihnen.

Wo ich ging und stand, geleiteten mich die herrlichen Gestalten; wie Flammen, verloren sich in meinem Sinne die Taten aller Zeiten in einander, und wie in Ein frohlockend Gewitter die Riesenbilder, die Wolken des Himmels sich vereinen, so vereinten sich, so wurden Ein unendlicher Sieg in mir die hundertfältigen Siege der Olympiaden.

Wer hält das aus, wen reißt die schröckende Herrlichkeit des Altertums nicht um, wie ein Orkan die jungen Wälder umreißt, wenn sie ihn ergreift, wie mich, und wenn, wie mir, das Element ihm fehlt, worin er sich ein stärkend Selbstgefühl erbeuten könnte?

O mir, mir beugte die Größe der Alten, wie ein Sturm, das Haupt, mir raffte sie die Blüte vom Gesichte, und oftmals lag ich, wo kein Auge mich bemerkte, unter tausend Tränen da, wie eine gestürzte Tanne, die am Bache liegt und ihre welke Krone in die Flut verbirgt. Wie gerne hätt ich einen Augenblick aus eines großen Mannes Leben mit Blut erkauft!

Aber was half mir das? Es wollte ja mich niemand.

O es ist jämmerlich, so sich vernichtet zu sehn; und wem dies unverständlich ist, der frage nicht danach, und danke der Natur, die ihn zur Freude, wie die Schmetterlinge, schuf, und geh, und sprech in seinem Leben nimmermehr von Schmerz und Unglück.

Ich liebte meine Heroen, wie eine Fliege das Licht; ich suchte ihre gefährliche Nähe und floh und suchte sie wieder.

Wie ein blutender Hirsch in den Strom, stürzt ich oft mitten hinein in den Wirbel der Freude, die brennende Brust zu kühlen und die tobenden herrlichen Träume von Ruhm und Größe wegzubaden, aber was half das?

Und wenn mich oft um Mitternacht das heiße Herz in den Garten hinuntertrieb unter die tauigen Bäume, und der Wiegengesang des Quells und die liebliche Luft und das Mondlicht meinen Sinn besänftigte, und so frei und friedlich über mir die silbernen Gewölke sich regten, und aus der Ferne mir die verhallende Stimme der Meeresflut tönte, wie freundlich spielten da mit meinem Herzen all die großen Phantome seiner Liebe!

Lebt wohl, ihr Himmlischen! sprach ich oft im Geiste, wenn über mir die Melodie des Morgenlichts mit leisem Laute begann, ihr herrlichen Toten lebt wohl! ich möcht euch folgen, möchte von mir schütteln, was mein Jahrhundert mir gab, und aufbrechen ins freiere Schattenreich!

Aber ich schmachte an der Kette und hasche mit bitterer Freude die kümmerliche Schale, die meinem Durste gereicht wird.

Hyperion an Bellarmin

Meine Insel war mir zu enge geworden, seit Adamas fort war. Ich hatte Jahre schon in Tina Langeweile. Ich wollt in die Welt.

Geh vorerst nach Smyrna, sagte mein Vater, lerne da die Künste der See und des Kriegs, lerne die Sprache gebildeter Völker und ihre Verfassungen und Meinungen und Sitten und Gebräuche, prüfe alles und wähle das Beste! – Dann kann es meinetwegen weiter gehn.

Lern auch ein wenig Geduld! setzte die Mutter hinzu, und ich nahms mit Dank an.

Es ist entzückend, den ersten Schritt aus der Schranke der Jugend zu tun, es ist, als dächt ich meines Geburtstags, wenn ich meiner Abreise von Tina gedenke. Es war eine neue Sonne über mir, und Land und See und Luft genoß ich wie zum ersten Male.

Die lebendige Tätigkeit, womit ich nun in Smyrna meine Bildung besorgte, und der eilende Fortschritt besänftigte mein Herz nicht wenig. Auch manches seligen Feierabends erinnere ich mich aus dieser Zeit. Wie oft ging ich unter den immer grünen Bäumen am Gestade des Meles, an der Geburtsstätte meines Homer, und sammelt Opferblumen und warf sie in den heiligen Strom! Zur nahen Grotte trat ich dann in meinen friedlichen Träumen, da hätte der Alte, sagen sie, seine Iliade gesungen. Ich fand ihn. Jeder Laut in mir verstummte vor seiner Gegenwart. Ich schlug sein göttlich Gedicht mir auf und es war, als hätt ich es nie gekannt, so ganz anders wurd es jetzt lebendig in mir.

Auch denk ich gerne meiner Wanderung durch die Gegenden von Smyrna. Es ist ein herrlich Land, und ich habe tausendmal mir Flügel gewünscht, um des Jahres Einmal nach Kleinasien zu fliegen.

Aus der Ebne von Sardes kam ich durch die Felsenwände des Tmolus herauf.

Ich hatt am Fuße des Bergs übernachtet in einer freundlichen Hütte, unter Myrten, unter den Düften des Ladanstrauchs, wo in der goldnen Flut des Paktolus die Schwäne mir zur Seite spielten, wo ein alter Tempel der Cybele aus den Ulmen hervor, wie ein schüchterner Geist, ins helle Mondlicht blickte. Fünf liebliche Säulen trauerten über dem Schutt, und ein königlich Portal lag niedergestürzt zu ihren Füßen.

Durch tausend blühende Gebüsche wuchs mein Pfad nun aufwärts. Vom schroffen Abhang neigten lispelnde Bäume sich, und übergossen mit ihren zarten Flocken mein Haupt. Ich war des Morgens ausgegangen. Um Mittag war ich auf der Höhe des Gebirgs. Ich stand, sah fröhlich vor mich hin, genoß der reineren Lüfte des Himmels. Es waren selige Stunden.

Wie ein Meer, lag das Land, wovon ich heraufkam, vor mir da, jugendlich, voll lebendiger Freude; es war ein himmlisch unendlich Farbenspiel, womit der Frühling mein Herz begrüßte, und wie die Sonne des Himmels sich wiederfand im tausendfachen Wechsel des Lichts, das ihr die Erde zurückgab, so erkannte mein Geist sich in der Fülle des Lebens, die ihn umfing, von allen Seiten ihn überfiel.

Zur Linken stürzt' und jauchzte, wie ein Riese, der Strom in die Wälder hinab, vom Marmorfelsen, der über mir hing, wo der Adler spielte mit seinen Jungen, wo die Schneegipfel hinauf in den blauen Aether glänzten; rechts wälzten Wetterwolken sich her über den Wäldern des Sipylus; ich fühlte nicht den Sturm, der sie trug, ich fühlte nur ein Lüftchen in den Locken, aber ihren Donner hört ich, wie man die Stimme der Zukunft hört, und ihre Flammen sah ich, wie das ferne Licht der geahneten Gottheit. Ich wandte mich südwärts und ging weiter. Da lag es offen vor mir, das ganze paradiesische Land, das der Kayster durchströmt, durch so manchen reizenden Umweg, als könnt er nicht lange genug verweilen in all dem Reichtum und der Lieblichkeit, die ihn umgibt. Wie die Zephyre, irrte mein Geist von Schönheit zu Schönheit selig umher, vom fremden friedlichen Dörfchen, das tief unten am Berge lag, bis hinein, wo die Gebirgkette des Messogis dämmert.

Ich kam nach Smyrna zurück, wie ein Trunkener vom Gastmahl. Mein Herz war des Wohlgefälligen zu voll, um nicht von seinem Überflusse der Sterblichkeit zu leihen. Ich hatte zu glücklich in mich die Schönheit der Natur erbeutet, um nicht die Lücken des Menschenlebens damit auszufüllen. Mein dürftig Smyrna kleidete sich in die Farben meiner Begeisterung, und stand, wie eine Braut, da. Die geselligen Städter zogen mich an. Der Widersinn in ihren Sitten vergnügte mich, wie eine Kinderposse, und weil ich von Natur hinaus war über all die eingeführten Formen und Bräuche, spielt ich mit allen, und legte sie an und zog sie aus, wie Fastnachtskleider.

Was aber eigentlich mir die schale Kost des gewöhnlichen Umgangs würzte, das waren die guten Gesichter und Gestalten, die noch hie und da die mitleidige Natur, wie Sterne, in unsere Verfinsterung sendet.

Wie hatt ich meine herzliche Freude daran! wie glaubig deutet ich diese freundlichen Hieroglyphen! Aber es ging mir fast damit, wie ehemals mit den Birken im Frühlinge. Ich hatte von dem Safte dieser Bäume gehört, und dachte wunder, was ein köstlich Getränk die lieblichen Stämme geben müßten. Aber es war nicht Kraft und Geist genug darinnen.

Ach! und wie heillos war das übrige alles, was ich hört und sah.

Es war mir wirklich hie und da, als hätte sich die Menschennatur in die Mannigfaltigkeiten des Tierreichs aufgelöst, wenn ich umher ging unter diesen

Gebildeten. Wie überall, so waren auch hier die Männer besonders verwahrlost und verwest.

Gewisse Tiere heulen, wenn sie Musik anhören. Meine bessergezognen Leute hingegen lachten, wenn von Geistesschönheit die Rede war und von Jugend des Herzens. Die Wölfe gehen davon, wenn einer Feuer schlägt. Sahn jene Menschen einen Funken Vernunft, so kehrten sie, wie Diebe, den Rücken.

Sprach ich einmal auch vom alten Griechenland ein warmes Wort, so gähnten sie, und meinten, man hätte doch auch zu leben in der jetzigen Zeit; und es wäre der gute Geschmack noch immer nicht verloren gegangen, fiel ein anderer bedeutend ein.

Dies zeigte sich dann auch. Der eine witzelte, wie ein Bootsknecht, der andere blies die Backen auf und predigte Sentenzen.

Es gebärdet' auch wohl einer sich aufgeklärt, machte dem Himmel ein Schnippchen und rief, um die Vögel auf dem Dache hab er nie sich bekümmert, die Vögel in der Hand, die seien ihm lieber! Doch wenn man ihm vom Tode sprach, so legt' er stracks die Hände zusammen, und kam so nach und nach im Gespräche darauf, wie es gefährlich sei, daß unsere Priester nichts mehr gelten.

Die Einzigen, deren zuweilen ich mich bediente, waren die Erzähler, die lebendigen Namenregister von fremden Städten und Ländern, die redenden Bilderkasten, wo man Potentaten auf Rossen und Kirchtürme und Märkte sehn kann.

Ich war es endlich müde, mich wegzuwerfen, Trauben zu suchen in der Wüste und Blumen über dem Eisfeld.

Ich lebte nun entschiedner allein, und der sanfte Geist meiner Jugend war fast ganz aus meiner Seele verschwunden. Die Unheilbarkeit des Jahrhunderts war mir aus so manchem, was ich erzähle und nicht erzähle, sichtbar geworden, und der schöne Trost, in Einer Seele meine Welt zu finden, mein Geschlecht in einem freundlichen Bilde zu umarmen, auch der gebrach mir.

Lieber! was wäre das Leben ohne Hoffnung? Ein Funke, der aus der Kohle springt und verlischt, und wie man bei trüber Jahrszeit einen Windstoß hört, der einen Augenblick saust und dann verhallt, so wär es mit uns?

Auch die Schwalbe sucht ein freundlicher Land im Winter, es läuft das Wild umher in der Hitze des Tags und seine Augen suchen den Quell. Wer sagt dem Kinde, daß die Mutter ihre Brust ihm nicht versage? Und siehe! es sucht sie doch.

Es lebte nichts, wenn es nicht hoffte. Mein Herz verschloß jetzt seine Schätze, aber nur, um sie für eine bessere Zeit zu sparen, für das Einzige, Heilige, Treue, das gewiß, in irgendeiner Periode des Daseins, meiner dürstenden Seele begegnen sollte.

Wie selig hing ich oft an ihm, wenn es, in Stunden des Ahnens, leise, wie das Mondlicht, um die besänftigte Stirne mir spielte? Schon damals kannt ich dich, schon damals blicktest du, wie ein Genius, aus Wolken mich an, du, die mir einst, im Frieden der Schönheit, aus der trüben Woge der Welt stieg! Da kämpfte, da glüht' es nimmer, dies Herz.

Wie in schweigender Luft sich eine Lilie wiegt, so regte sich in seinem Elemente, in den entzückenden Träumen von ihr, mein Wesen.

Hyperion an Bellarmin

Smyrna war mir nun verleidet. Überhaupt war mein Herz allmählich müder geworden. Zuweilen konnte wohl der Wunsch in mir auffahren, um die Welt zu wandern oder in den ersten besten Krieg zu gehn, oder meinen Adamas aufzusuchen und in seinem Feuer meinen Mißmut auszubrennen, aber dabei blieb es, und mein unbedeutend welkes Leben wollte nimmer sich erfrischen.

Der Sommer war nun bald zu Ende; ich fühlte schon die düstern Regentage und das Pfeifen der Winde und Tosen der Wetterbäche zum voraus, und die Natur, die, wie ein schäumender Springquell, emporgedrungen war in allen Pflanzen und Bäumen, stand jetzt schon da vor meinem verdüsterten Sinne, schwindend und verschlossen und in sich gekehrt, wie ich selber.

Ich wollte noch mit mir nehmen, was ich konnte, von all dem fliehenden Leben, alles, was ich draußen liebgewonnen hatte, wollt ich noch hereinretten in mich, denn ich wußte wohl, daß mich das wiederkehrende Jahr nicht wieder finden würde unter diesen Bäumen und Bergen, und so ging und ritt ich jetzt mehr, als gewöhnlich, herum im ganzen Bezirke.

Was aber mich besonders hinaustrieb, war das geheime Verlangen, einen Menschen zu sehn, der seit einiger Zeit vor dem Tore unter den Bäumen, wo ich vorbei kam, mir alle Tage begegnet war.

Wie ein junger Titan, schritt der herrliche Fremdling unter dem Zwergengeschlechte daher, das mit freudiger Scheue an seiner Schöne sich weidete, seine Höhe maß und seine Stärke, und an dem glühenden verbrannten

Römerkopfe, wie an verbotner Frucht mit verstohlnem Blicke sich labte, und es war jedesmal ein herrlicher Moment, wann das Auge dieses Menschen, für dessen Blick der freie Aether zu enge schien, so mit abgelegtem Stolze sucht' und strebte, bis es sich in meinem Auge fühlte und wir errötend uns einander nachsahn und vorüber gingen.

Einst war ich tief in die Wälder des Mimas hineingeritten und kehrt erst spät abends zurück. Ich war abgestiegen, und führte mein Pferd einen steilen wüsten Pfad über Baumwurzeln und Steine hinunter, und, wie ich so durch die Sträuche mich wand, in die Höhle hinunter, die nun vor mir sich öffnete, fielen plötzlich ein paar karabornische Räuber über mich her, und ich hatte Mühe, für den ersten Moment die zwei gezückten Säbel abzuhalten; aber sie waren schon von anderer Arbeit müde, und so half ich doch mir durch. Ich setzte mich ruhig wieder aufs Pferd und ritt hinab.

Am Fuße des Berges tat mitten unter den Wäldern und aufgehäuften Felsen sich eine kleine Wiese vor mir auf. Es wurde hell. Der Mond war eben aufgegangen über den finstern Bäumen. In einiger Entfernung sah ich Rosse auf dem Boden ausgestreckt und Männer neben ihnen im Grase.

Wer seid ihr? rief ich.

Das ist Hyperion! rief eine Heldenstimme, freudig überrascht. Du kennst mich, fuhr die Stimme fort; ich begegne dir alle Tage unter den Bäumen am Tore.

Mein Roß flog, wie ein Pfeil, ihm zu. Das Mondlicht schien ihm hell ins Gesicht. Ich kannt ihn; ich sprang herab.

Guten Abend! rief der liebe Rüstige, sah mit zärtlich wildem Blicke mich an und drückte mit seiner nervigen Faust die meine, daß mein Innerstes den Sinn davon empfand.

O nun war mein unbedeutend Leben am Ende!

Alabanda, so hieß der Fremde, sagte mir nun, daß er mit seinem Diener von Räubern wäre überfallen worden, daß die beiden, auf die ich stieß, wären fortgeschickt worden von ihm, daß er den Weg aus dem Walde verloren gehabt und darum wäre genötigt gewesen, auf der Stelle zu bleiben, bis ich gekommen. Ich habe einen Freund dabei verloren, setzt' er hinzu, und wies sein totes Roß mir.

Ich gab das meine seinem Diener, und wir gingen zu Fuße weiter.

Es geschah uns recht, begann ich, indes wir Arm in Arm zusammen aus dem Walde gingen; warum zögerten wir auch so lange und gingen uns vorüber, bis der Unfall uns zusammenbrachte.

Ich muß denn doch dir sagen, erwidert' Alabanda, daß du der Schuldigere, der Kältere bist. Ich bin dir heute nachgeritten.

Herrlicher! rief ich, siehe nur zu! an Liebe sollst du doch mich nimmer übertreffen.

Wir wurden immer inniger und freudiger zusammen.

Wir kamen nahe bei der Stadt an einem wohlgebauten Khan vorbei, das unter plätschernden Brunnen ruhte und unter Fruchtbäumen und duftenden Wiesen.

Wir beschlossen, da zu übernachten. Wir saßen noch lange zusammen bei offnen Fenstern. Hohe geistige Stille umfing uns. Erd und Meer war selig verstummt, wie die Sterne, die über uns hingen. Kaum, daß ein Lüftchen von der See her uns ins Zimmer flog und zart mit unserm Lichte spielte, oder daß von ferner Musik die gewaltigern Töne zu uns drangen, indes die Donnerwolke sich wiegt' im Bette des Aethers, und hin und wieder durch die Stille fernher tönte, wie ein schlafender Riese, wenn er stärker atmet in seinen furchtbaren Träumen.

Unsre Seelen mußten um so stärker sich nähern, weil sie wider Willen waren verschlossen gewesen. Wir begegneten einander, wie zwei Bäche, die vom Berge rollen, und die Last von Erde und Stein und faulem Holz und das ganze träge Chaos, das sie aufhält, von sich schleudern, um den Weg sich zu einander zu bahnen, und durchzubrechen bis dahin, wo sie nun ergreifend und ergriffen mit gleicher Kraft, vereint in Einen majestätischen Strom, die Wanderung ins weite Meer beginnen.

Er, vom Schicksal und der Barbarei der Menschen heraus, vom eignen Hause unter Fremden hin und her gejagt, von früher Jugend an erbittert und verwildert, und doch auch das innere Herz voll Liebe, voll Verlangens, aus der rauhen Hülse durchzudringen in ein freundlich Element; ich, von allem schon so innigst abgeschieden, so mit ganzer Seele fremd und einsam unter den Menschen, so lächerlich begleitet von dem Schellenklange der Welt in meines Herzens liebsten Melodien; ich, die Antipathie aller Blinden und Lahmen, und doch mir selbst zu blind und lahm, doch mir selbst so herzlich überlästig in allem, was von ferne verwandt war mit den Klugen und Vernünftlern, den Barbaren und den

Witzlingen – und so voll Hoffnung, so voll einziger Erwartung eines schönern Lebens –

Mußten so in freudig stürmischer Eile nicht die beiden Jünglinge sich umfassen?

O du, mein Freund und Kampfgenosse, mein Alabanda, wo bist du? Ich glaube fast, du bist ins unbekannte Land hinübergegangen, zur Ruhe, bist wieder geworden, wie einst, da wir noch Kinder waren.

Zuweilen, wenn ein Gewitter über mir hinzieht, und seine göttlichen Kräfte unter die Wälder austeilt und die Saaten, oder wenn die Wogen der Meersflut unter sich spielen, oder ein Chor von Adlern um die Berggipfel, wo ich wandre, sich schwingt, kann mein Herz sich regen, als wäre mein Alabanda nicht fern; aber sichtbarer, gegenwärtiger, unverkennbarer lebt er in mir, ganz, wie er einst dastand, ein feurig strenger furchtbarer Kläger, wenn er die Sünden des Jahrhunderts nannte. Wie erwachte da in seinen Tiefen mein Geist, wie rollten mir die Donnerworte der unerbittlichen Gerechtigkeit über die Zunge! Wie Boten der Nemesis, durchwanderten unsre Gedanken die Erde, und reinigten sie, bis keine Spur von allem Fluche da war.

Auch die Vergangenheit riefen wir vor unsern Richterstuhl, das stolze Rom erschröckte uns nicht mit seiner Herrlichkeit, Athen bestach uns nicht mit seiner jugendlichen Blüte.

Wie Stürme, wenn sie frohlockend, unaufhörlich fort durch Wälder über Berge fahren, so drangen unsre Seelen in kolossalischen Entwürfen hinaus; nicht, als hätten wir, unmännlich, unsre Welt, wie durch ein Zauberwort, geschaffen, und kindisch unerfahren keinen Widerstand berechnet, dazu war Alabanda zu verständig und zu tapfer. Aber oft ist auch die mühelose Begeisterung kriegerisch und klug.

Ein Tag ist mir besonders gegenwärtig.

Wir waren zusammen aufs Feld gegangen, saßen vertraulich umschlungen im Dunkel des immergrünen Lorbeers, und sahn zusammen in unsern Plato, wo er so wunderbar erhaben vom Altern und Verjüngen spricht, und ruhten hin und wieder aus auf der stummen entblätterten Landschaft, wo der Himmel schöner, als je, mit Wolken und Sonnenschein um die herbstlich schlafenden Bäume spielte.

Wir sprachen darauf manches vom jetzigen Griechenland, beede mit blutendem Herzen, denn der entwürdigte Boden war auch Alabandas Vaterland.

Alabanda war wirklich ungewöhnlich bewegt.

Wenn ich ein Kind ansehe, rief dieser Mensch, und denke, wie schmählich und verderbend das Joch ist, das es tragen wird, und daß es darben wird, wie wir, daß es Menschen suchen wird, wie wir, fragen wird, wie wir, nach Schönem und Wahrem, daß es unfruchtbar vergehen wird, weil es allein sein wird, wie wir, daß es – o nehmt doch eure Söhne aus der Wiege, und werft sie in den Strom, um wenigstens vor eurer Schande sie zu retten!

Gewiß, Alabanda! sagt ich, gewiß es wird anders.

Wodurch? erwidert' er; die Helden haben ihren Ruhm, die Weisen ihre Lehrlinge verloren. Große Taten, wenn sie nicht ein edel Volk vernimmt, sind mehr nicht als ein gewaltiger Schlag vor eine dumpfe Stirne, und hohe Worte, wenn sie nicht in hohen Herzen widertönen, sind, wie ein sterbend Blatt, das in den Kot herunterrauscht. Was willst du nun?

Ich will, sagt ich, die Schaufel nehmen und den Kot in eine Grube werfen. Ein Volk, wo Geist und Größe keinen Geist und keine Größe mehr erzeugt, hat nichts mehr gemein, mit andern, die noch Menschen sind, hat keine Rechte mehr, und es ist ein leeres Possenspiel, ein Aberglauben, wenn man solche willenlose Leichname noch ehren will, als wär ein Römerherz in ihnen. Weg mit ihnen! Er darf nicht stehen, wo er steht, der dürre faule Baum, er stiehlt ja Licht und Luft dem jungen Leben, das für eine neue Welt heranreift.

Alabanda flog auf mich zu, umschlang mich, und seine Küsse gingen mir in die Seele. Waffenbruder! rief er, lieber Waffenbruder! o nun hab ich hundert Arme!

Das ist endlich einmal meine Melodie, fuhr er fort, mit einer Stimme, die, wie ein Schlachtruf, mir das Herz bewegte, mehr brauchts nicht! Du hast ein herrlich Wort gesprochen, Hyperion! Was? vom Wurme soll der Gott abhängen? Der Gott in uns, dem die Unendlichkeit zur Bahn sich öffnet, soll stehn und harren, bis der Wurm ihm aus dem Wege geht? Nein! nein! Man frägt nicht, ob ihr wollt! Ihr wollt ja nie, ihr Knechte und Barbaren! Euch will man auch nicht bessern, denn es ist umsonst! man will nur dafür sorgen, daß ihr dem Siegeslauf der Menschheit aus dem Wege geht. O! zünde mir einer die Fackel an, daß ich das Unkraut von der Heide brenne! die Mine bereite mir einer, daß ich die trägen Klötze aus der Erde sprenge!

Wo möglich, lehnt man sanft sie auf die Seite, fiel ich ein.

Alabanda schwieg eine Weile.

Ich habe meine Lust an der Zukunft, begann er endlich wieder, und faßte feurig meine beeden Hände. Gott sei Dank! ich werde kein gemeines Ende nehmen. Glücklich sein, heißt schläfrig sein im Munde der Knechte. Glücklich sein! mir ist, als hätt ich Brei und laues Wasser auf der Zunge, wenn ihr mir sprecht von glücklich sein. So albern und so heillos ist das alles, wofür ihr hingebt eure Lorbeerkronen, eure Unsterblichkeit.

O heiliges Licht, das ruhelos, in seinem ungeheuren Reiche wirksam, dort oben über uns wandelt, und seine Seele auch mir mitteilt, in den Strahlen, die ich trinke, dein Glück sei meines!

Von ihren Taten nähren die Söhne der Sonne sich; sie leben vom Sieg; mit eignem Geist ermuntern sie sich, und ihre Kraft ist ihre Freude. –

Der Geist dieses Menschen faßte einen oft an, daß man sich hätte schämen mögen, so federleicht hinweggerissen fühlte man sich.

O Himmel und Erde! rief ich, das ist Freude! – Das sind andre Zeiten, das ist kein Ton aus meinem kindischen Jahrhundert, das ist nicht der Boden, wo das Herz des Menschen unter seines Treibers Peitsche keucht. – Ja! ja! bei deiner herrlichen Seele, Mensch! Du wirst mit mir das Vaterland erretten.

Das will ich, rief er, oder untergehn.

Von diesem Tag an wurden wir uns immer heiliger und lieber. Tiefer unbeschreiblicher Ernst war unter uns gekommen. Aber wir waren nur um so seliger zusammen. Nur in den ewigen Grundtönen seines Wesens lebte jeder, und schmucklos schritten wir fort von einer großen Harmonie zur andern. Voll herrlicher Strenge und Kühnheit war unser gemeinsames Leben.

Wie bist du denn so wortarm geworden? fragte mich einmal Alabanda mit Lächeln. In den heißen Zonen, sagt ich, näher der Sonne, singen ja auch die Vögel nicht.

Aber es geht alles auf und unter in der Welt, und es hält der Mensch mit aller seiner Riesenkraft nichts fest. Ich sah einmal ein Kind die Hand ausstrecken, um das Mondlicht zu haschen; aber das Licht ging ruhig weiter seine Bahn. So stehn wir da, und ringen, das wandelnde Schicksal anzuhalten.

O wer ihm nur so still und sinnend, wie dem Gange der Sterne, zusehn könnte!

Je glücklicher du bist, um so weniger kostet es, dich zu Grunde zu richten, und die seligen Tage, wie Alabanda und ich sie lebten, sind wie eine jähe Felsenspitze, wo dein Reisegefährte nur dich anzurühren braucht, um unabsehlich, über die schneidenden Zacken hinab, dich in die dämmernde Tiefe zu stürzen.

Wir hatten eine herrliche Fahrt nach Chios gemacht, hatten tausend Freude an uns gehabt. Wie Lüftchen über die Meeresfläche, walteten über uns die freundlichen Zauber der Natur. Mit freudigem Staunen sah einer den andern, ohne ein Wort zu sprechen, aber das Auge sagte, so hab ich dich nie gesehen! So verherrlicht waren wir von den Kräften der Erde und des Himmels.

Wir hatten dann auch mit heitrem Feuer uns über manches gestritten, während der Fahrt; ich hatte, wie sonst, auch diesmal wieder meines Herzens Freude daran gehabt, diesem Geist auf seiner kühnen Irrbahn zuzusehn, wo er so regellos, so in ungebundner Fröhlichkeit, und doch meist so sicher seinen Weg verfolgte.

Wir eilten, wie wir ausgestiegen waren, allein zu sein.

Du kannst niemand überzeugen, sagt ich jetzt mit inniger Liebe, du überredest, du bestichst die Menschen, ehe du anfängst; man kann nicht zweifeln, wenn du sprichst, und wer nicht zweifelt, wird nicht überzeugt.

Stolzer Schmeichler, rief er dafür, du lügst! aber gerade recht, daß du mich mahnst! nur zu oft hast du schon mich unvernünftig gemacht! Um alle Kronen möcht ich von dir mich nicht befreien, aber es ängstiget denn doch mich oft, daß du mir so unentbehrlich sein sollst, daß ich so gefesselt bin an dich; und sieh, fuhr er fort, daß du ganz mich hast, sollst du auch alles von mir wissen! wir dachten bisher unter all der Herrlichkeit und Freude nicht daran, uns nach Vergangenem umzusehen.

Er erzählte mir nun sein Schicksal; mir war dabei, als säh ich einen jungen Herkules mit der Megära im Kampfe.

Wirst du mir jetzt verzeihen, schloß er die Erzählung seines Ungemachs, wirst du jetzt ruhiger sein, wenn ich oft rauh bin und anstößig und unverträglich!

O stille, stille! rief ich innigst bewegt; aber daß du noch da bist, daß du dich erhieltest für mich!

Ja wohl! für dich! rief er, und es freut mich herzlich, daß ich dir denn doch genießbare Kost bin. Und schmeck ich auch, wie ein Holzapfel, dir zuweilen, so keltre mich so lange, bis ich trinkbar bin.

Laß mich! laß mich! rief ich; ich sträubte mich umsonst; der Mensch machte mich zum Kinde; ich verbargs ihm auch nicht; er sah meine Tränen, und weh ihm, wenn er sie nicht sehen durfte!

Wir schwelgen, begann nun Alabanda wieder, wir töten im Rausche die Zeit.

Wir haben unsre Bräutigamstage zusammen, rief ich erheitert, da darf es wohl noch lauten, als wäre man in Arkadien. – Aber auf unser vorig Gespräch zu kommen!

Du räumst dem Staate denn doch zu viel Gewalt ein. Er darf nicht fordern, was er nicht erzwingen kann. Was aber die Liebe gibt und der Geist, das läßt sich nicht erzwingen. Das laß er unangetastet, oder man nehme sein Gesetz und schlag es an den Pranger! Beim Himmel! der weiß nicht, was er sündigt, der den Staat zur Sittenschule machen will. Immerhin hat das den Staat zur Hölle gemacht, daß ihn der Mensch zu seinem Himmel machen wollte.

Die rauhe Hülse um den Kern des Lebens und nichts weiter ist der Staat. Er ist die Mauer um den Garten menschlicher Früchte und Blumen.

Aber was hilft die Mauer um den Garten, wo der Boden dürre liegt? Da hilft der Regen vom Himmel allein. O Regen vom Himmel! o Begeisterung! Du wirst den Frühling der Völker uns wiederbringen. Dich kann der Staat nicht hergebieten. Aber er störe dich nicht, so wirst du kommen, kommen wirst du, mit deinen allmächtigen Wonnen, in goldne Wolken wirst du uns hüllen und empor uns tragen über die Sterblichkeit, und wir werden staunen und fragen, ob wir es noch seien, wir, die Dürftigen, die wir die Sterne fragten, ob dort uns ein Frühling blühe – frägst du mich, wann dies sein wird? Dann, wann die Lieblingin der Zeit, die jüngste, schönste Tochter der Zeit, die neue Kirche, hervorgehn wird aus diesen befleckten veralteten Formen, wann das erwachte Gefühl des Göttlichen dem Menschen seine Gottheit, und seiner Brust die schöne Jugend wiederbringen wird, wann – ich kann sie nicht verkünden, denn ich ahne sie kaum, aber sie kömmt gewiß, gewiß. Der Tod ist ein Bote des Lebens, und daß wir jetzt schlafen in unsern Krankenhäusern, dies zeugt vom nahen gesunden Erwachen. Dann, dann erst sind wir, dann ist das Element der Geister gefunden!

Alabanda schwieg, und sah eine Weile erstaunt mich an. Ich war hingerissen von unendlichen Hoffnungen; Götterkräfte trugen, wie ein Wölkchen, mich fort –

Komm! rief ich, und faßt Alabanda beim Gewande, komm, wer hält es länger aus im Kerker, der uns umnachtet?

Wohin, mein Schwärmer, erwidert' Alabanda trocken, und ein Schatte von Spott schien über sein Gesicht zu gleiten.

Ich war, wie aus den Wolken gefallen. Geh! sagt ich, du bist ein kleiner Mensch!

In demselben Augenblicke traten etliche Fremden ins Zimmer, auffallende Gestalten, meist hager und blaß, so viel ich im Mondlicht sehen konnte, ruhig, aber in ihren Mienen war etwas, das in die Seele ging, wie ein Schwert, und es war, als stünde man vor der Allwissenheit; man hätte gezweifelt, ob dies die Außenseite wäre von bedürftigen Naturen, hätte nicht hie und da der getötete Affekt seine Spuren zurückgelassen.

Besonders einer fiel mir auf. Die Stille seiner Züge war die Stille eines Schlachtfelds. Grimm und Liebe hatt in diesem Menschen gerast, und der Verstand leuchtete über den Trümmern des Gemüts, wie das Auge eines Habichts, der auf zerstörten Palästen sitzt. Tiefe Verachtung war auf seinen Lippen. Man ahnete, daß dieser Mensch mit keiner unbedeutenden Absicht sich befasse.

Ein andrer mochte seine Ruhe mehr einer natürlichen Herzenshärte danken. Man fand an ihm fast keine Spur einer Gewaltsamkeit, von Selbstmacht oder Schicksal verübt.

Ein dritter mochte seine Kälte mehr mit der Kraft der Überzeugung dem Leben abgedrungen haben, und wohl noch oft im Kampfe mit sich stehen, denn es war ein geheimer Widerspruch in seinem Wesen, und es schien mir, als müßt er sich bewachen. Er sprach am wenigsten.

Alabanda sprang auf, wie gebogner Stahl, bei ihrem Eintritt. Wir suchten dich, rief einer von ihnen.

Ihr würdet mich finden, sagt' er lachend, wenn ich in den Mittelpunkt der Erde mich verbärge. Sie sind meine Freunde, setzt' er hinzu, indes er zu mir sich wandte.

Sie schienen mich ziemlich scharf ins Auge zu fassen. Das ist auch einer von denen, die es gerne besser haben möchten in der Welt, rief Alabanda nach einer Weile, und wies auf mich.

Das ist dein Ernst? fragt' einer mich von den Dreien.

Es ist kein Scherz, die Welt zu bessern, sagt ich.

Du hast viel mit einem Worte gesagt! rief wieder einer von ihnen. Du bist unser Mann! ein andrer.

Ihr denkt auch so? fragt ich.

Frage, was wir tun! war die Antwort.

Und wenn ich fragte?

So würden wir dir sagen, daß wir da sind, aufzuräumen auf Erden, daß wir die Steine vom Acker lesen, und die harten Erdenklöße mit dem Karst zerschlagen, und Furchen graben mit dem Pflug, und das Unkraut an der Wurzel fassen, an der Wurzel es durchschneiden, samt der Wurzel es ausreißen, daß es verdorre im Sonnenbrande.

Nicht, daß wir ernten möchten, fiel ein andrer ein; uns kömmt der Lohn zu spät; uns reift die Ernte nicht mehr.

Wir sind am Abend unsrer Tage. Wir irrten oft, wir hofften viel und taten wenig. Wir wagten lieber, als wir uns besannen. Wir waren gerne bald am Ende und trauten auf das Glück. Wir sprachen viel von Freude und Schmerz, und liebten, haßten beide. Wir spielten mit dem Schicksal und es tat mit uns ein Gleiches. Vom Bettelstabe bis zur Krone warf es uns auf und ab. Es schwang uns, wie man ein glühend Rauchfaß schwingt, und wir glühten, bis die Kohle zu Asche ward. Wir haben aufgehört von Glück und Mißgeschick zu sprechen. Wir sind emporgewachsen über die Mitte des Lebens, wo es grünt und warm ist. Aber es ist nicht das Schlimmste, was die Jugend überlebt. Aus heißem Metalle wird das kalte Schwert geschmiedet. Auch sagt man, auf verbrannten abgestorbenen Vulkanen gedeihe kein schlechter Most.

Wir sagen das nicht um unsertwillen, rief ein anderer jetzt etwas rascher, wir sagen es um euertwillen! Wir betteln um das Herz des Menschen nicht. Denn wir bedürfen seines Herzens, seines Willens nicht. Denn er ist in keinem Falle wider uns, denn es ist alles für uns, und die Toren und die Klugen und die Einfältigen und die Weisen und alle Laster und alle Tugenden der Roheit und der Bildung stehen, ohne gedungen zu sein, in unsrem Dienst, und helfen blindlings mit zu unsrem Ziel – nur wünschten wir, es hätte jemand den Genuß davon, drum suchen wir unter den tausend blinden Gehülfen die besten uns aus, um sie zu sehenden Gehülfen zu machen – will aber niemand wohnen, wo wir bauten, unsre Schuld und unser Schaden ist es nicht. Wir taten, was das unsre war. Will niemand sammeln, wo wir pflügten, wer verargt es uns? Wer flucht dem Baume, wenn sein Apfel in den Sumpf fällt? Ich habs mir oft gesagt, du opferst der Verwesung, und ich endete mein Tagwerk doch.

Das sind Betrüger! riefen alle Wände meinem empfindlichen Sinne zu. Mir war, wie einem, der im Rauch ersticken will, und Türen und Fenster einstößt, um sich hinauszuhelfen, so dürstet ich nach Luft und Freiheit.

Sie sahn auch bald, wie unheimlich mir zu Mute war, und brachen ab. Der Tag graute schon, da ich aus dem Khan trat, wo wir waren beisammen gewesen. Ich fühlte das Wehen der Morgenluft, wie Balsam an einer brennenden Wunde.

Ich war durch Alabandas Spott schon zu sehr gereizt, um nicht durch seine rätselhafte Bekanntschaft vollends irre zu werden an ihm.

Er ist schlecht, rief ich, ja, er ist schlecht. Er heuchelt grenzenlos Vertrauen und lebt mit solchen – und verbirgt es dir.

Mir war, wie einer Braut, wenn sie erfährt, daß ihr Geliebter insgeheim mit einer Dirne lebe.

O es war der Schmerz nicht, den man hegen mag, den man am Herzen trägt, wie ein Kind, und in Schlummer singt mit Tönen der Nachtigall!

Wie eine ergrimmte Schlange, wenn sie unerbittlich herauffährt an den Knieen und Lenden, und alle Glieder umklammert, und nun in die Brust die giftigen Zähne schlägt und nun in den Nacken, so war mein Schmerz, so faßt' er mich in seine fürchterliche Umarmung. Ich nahm mein höchstes Herz zu Hülfe, und rang nach großen Gedanken, um noch stille zu halten, es gelang mir auch auf wenige Augenblicke, aber nun war ich auch zum Zorne gestärkt, nun tötet ich auch, wie eingelegtes Feuer, jeden Funken der Liebe in mir.

Er muß ja, dacht ich, das sind ja seine Menschen, er muß verschworen sein mit diesen, gegen dich! Was wollt er auch von dir? Was konnt er suchen bei dir, dem Schwärmer? O wär er seiner Wege gegangen! Aber sie haben ihren eigenen Gelust, sich an ihr Gegenteil zu machen! so ein fremdes Tier im Stalle zu haben, läßt ihnen gar gut! –

Und doch war ich unaussprechlich glücklich gewesen mit ihm, war so oft untergegangen in seinen Umarmungen, um aus ihnen zu erwachen mit Unüberwindlichkeit in der Brust, wurde so oft gehärtet und geläutert in seinem Feuer, wie Stahl!

Da ich einst in heitrer Mitternacht die Dioskuren ihm wies, und Alabanda die Hand aufs Herz mir legt' und sagte: Das sind nur Sterne, Hyperion, nur Buchstaben, womit der Name der Heldenbrüder am Himmel geschrieben ist; in uns sind sie! lebendig und wahr, mit ihrem Mut und ihrer göttlichen Liebe, und du, du bist der Göttersohn, und teilst mit deinem sterblichen Kastor deine Unsterblichkeit! –

Da ich die Wälder des Ida mit ihm durchstreifte, und wir herunterkamen ins Tal, um da die schweigenden Grabhügel nach ihren Toten zu fragen, und ich zu Alabanda sagte, daß unter den Grabhügeln einer vielleicht dem Geist Achills und seines Geliebten angehöre, und Alabanda mir vertraute, wie er oft ein Kind sei und sich denke, daß wir einst in Einem Schlachttal fallen und zusammen ruhen werden unter Einem Baum – wer hätte damals das gedacht?

Ich sann mit aller Kraft des Geistes, die mir übrig war, ich klagt ihn an, verteidigt ihn, und klagt ihn wieder um so bittrer an; ich widerstrebte meinem Sinne, wollte mich erheitern, und verfinsterte mich nur ganz dadurch.

Ach! mein Auge war ja von so manchem Faustschlag wund gewesen, fing ja kaum zu heilen an, wie sollt es jetzt gesundere Blicke tun?

Alabanda besuchte mich den andern Tag. Mein Herz kochte, wie er hereintrat, aber ich hielt mich, so sehr sein Stolz und seine Ruhe mich aufregt' und erhitzte.

Die Luft ist herrlich, sagt' er endlich, und der Abend wird sehr schön sein, laß uns zusammen auf die Akropolis gehn!

Ich nahm es an. Wir sprachen lange kein Wort. Was willst du? fragt ich endlich.

Das kannst du fragen? erwiderte der wilde Mensch mit einer Wehmut, die mir durch die Seele ging. Ich war betroffen, verwirrt.

Was soll ich von dir denken? fing ich endlich wieder an.

Das, was ich bin! erwidert' er gelassen.

Du brauchst Entschuldigung, sagt ich mit veränderter Stimme, und sah mit Stolz ihn an, entschuldige dich! reinige dich!

Das war zuviel für ihn.

Wie kommt es denn, rief er entrüstet, daß dieser Mensch mich beugen soll, wies ihm gefällt? – Es ist auch wahr, ich war zu früh entlassen aus der Schule, ich hatte alle Ketten geschleift und alle zerrissen, nur Eine fehlte noch, nur eine war noch zu zerbrechen, ich war noch nicht gezüchtiget von einem Grillenfänger – murre nur! ich habe lange genug geschwiegen!

O Alabanda! Alabanda! rief ich.

Schweig, erwidert' er, und brauche meinen Namen nicht zum Dolche gegen mich!

Nun brach auch mir der Unmut vollends los. Wir ruhten nicht, bis eine Rückkehr fast unmöglich war. Wir zerstörten mit Gewalt den Garten unsrer Liebe. Wir standen oft und schwiegen, und wären uns so gerne, so mit tausend Freuden um den Hals gefallen, aber der unselige Stolz erstickte jeden Laut der Liebe, der vom Herzen aufstieg.

Leb wohl! rief ich endlich, und stürzte fort. Unwillkürlich mußt ich mich umsehn, unwillkürlich war mir Alabanda gefolgt.

Nicht wahr, Alabanda, rief ich ihm zu, das ist ein sonderbarer Bettler? seinen letzten Pfenning wirft er in den Sumpf!

Wenns das ist, mag er auch verhungern, rief er, und ging.

Ich wankte sinnlos weiter, stand nun am Meer und sahe die Wellen an – ach! da hinunter strebte mein Herz, da hinunter, und meine Arme flogen der freien Flut entgegen; aber bald kam, wie vom Himmel, ein sanfterer Geist über mich, und ordnete mein unbändig leidend Gemüt mit seinem ruhigen Stabe; ich überdachte stiller mein Schicksal, meinen Glauben an die Welt, meine trostlosen Erfahrungen, ich betrachtete den Menschen, wie ich ihn empfunden und erkannt von früher Jugend an, in mannigfaltigen Erziehungen, fand überall dumpfen oder schreienden Mißlaut, nur in kindlicher einfältiger Beschränkung fand ich noch die reinen Melodien – es ist besser, sagt ich mir, zur Biene zu werden und sein Haus zu bauen in Unschuld, als zu herrschen mit den Herren der Welt, und wie mit Wölfen, zu heulen mit ihnen, als Völker zu meistern, und an dem unreinen Stoffe sich die Hände zu beflecken; ich wollte nach Tina zurück, um meinen Gärten und Feldern zu leben.

Lächle nur! Mir war es sehr Ernst. Bestehet ja das Leben der Welt im Wechsel des Entfaltens und Verschließens, in Ausflug und in Rückkehr zu sich selbst, warum nicht auch das Herz des Menschen?

Freilich ging die neue Lehre mir hart ein, freilich schied ich ungern von dem stolzen Irrtum meiner Jugend – wer reißt auch gerne die Flügel sich aus? – aber es mußte ja so sein!

Ich setzt es durch. Ich war nun wirklich eingeschifft. Ein frischer Bergwind trieb mich aus dem Hafen von Smyrna. Mit einer wunderbaren Ruhe, recht, wie ein Kind, das nichts vom nächsten Augenblicke weiß, lag ich so da auf meinem Schiffe, und sah die Bäume und Moskeen dieser Stadt an, meine grünen Gänge an dem Ufer, meinen Fußsteig zur Akropolis hinauf, das sah ich an, und ließ es weiter gehn und immer weiter; wie ich aber nun aufs hohe Meer hinauskam, und alles nach und nach hinabsank, wie ein Sarg ins Grab, da mit einmal war es auch, als wäre mein Herz gebrochen – o Himmel! schrie ich, und alles Leben in mir erwacht' und rang, die fliehende Gegenwart zu halten, aber sie war dahin, dahin!

Wie ein Nebel, lag das himmlische Land vor mir, wo ich, wie ein Reh auf freier Weide, weit und breit die Täler und die Höhen hatte durchstreift, und das Echo meines Herzens zu den Quellen und Strömen, in die Fernen und die Tiefen der Erde gebracht.

Dort hinein auf den Tmolus war ich gegangen in einsamer Unschuld; dort hinab, wo Ephesus einst stand in seiner glücklichen Jugend und Teos und Milet, dort hinauf ins heilige trauernde Troas war ich mit Alabanda gewandert, mit Alabanda, und, wie ein Gott, hatt ich geherrscht über ihn, und, wie ein Kind, zärtlich und glaubig, hatt ich seinem Auge gedient, mit Seelenfreude, mit innigem frohlockendem Genusse seines Wesens, immer glücklich, wenn ich seinem Rosse den Zaum hielt, oder wenn ich, über mich selbst erhoben, in herrlichen Entschlüssen, in kühnen Gedanken, im Feuer der Rede seiner Seele begegnete!

Und nun war es dahin gekommen, nun war ich nichts mehr, war so heillos um alles gebracht, war zum ärmsten unter den Menschen geworden, und wußte selbst nicht, wie.

O ewiges Irrsal! dacht ich bei mir, wann reißt der Mensch aus deinen Ketten sich los?

Wir sprechen von unsrem Herzen, unsern Planen, als wären sie unser, und es ist doch eine fremde Gewalt, die uns herumwirft und ins Grab legt, wie es ihr gefällt, und von der wir nicht wissen, von wannen sie kommt, noch wohin sie geht.

Wir wollen wachsen dahinauf, und dorthinaus die Äste und die Zweige breiten, und Boden und Wetter bringt uns doch, wohin es geht, und wenn der Blitz auf deine Krone fällt, und bis zur Wurzel dich hinunterspaltet, armer Baum! was geht es dich an?

So dacht ich. Ärgerst du dich daran, mein Bellarmin! Du wirst noch andere Dinge hören.

Das eben, Lieber! ist das Traurige, daß unser Geist so gerne die Gestalt des irren Herzens annimmt, so gerne die vorüberfliehende Trauer festhält, daß der Gedanke, der die Schmerzen heilen sollte, selber krank wird, daß der Gärtner an den Rosensträuchen, die er pflanzen sollte, sich die Hand so oft zerreißt, o! das hat manchen zum Toren gemacht vor andern, die er sonst, wie ein Orpheus, hätte beherrscht, das hat so oft die edelste Natur zum Spott gemacht vor Menschen, wie man sie auf jeder Straße findet, das ist die Klippe für die Lieblinge des Himmels, daß ihre Liebe mächtig ist und zart, wie ihr Geist, daß ihres Herzens Wogen stärker oft und schneller sich regen, wie der Trident, womit der Meergott sie beherrscht, und darum, Lieber! überhebe ja sich keiner.

Hyperion an Bellarmin

Kannst du es hören, wirst du es begreifen, wenn ich dir von meiner langen kranken Trauer sage?

Nimm mich, wie ich mich gebe, und denke, daß es besser ist zu sterben, weil man lebte, als zu leben, weil man nie gelebt! Neide die Leidensfreien nicht, die Götzen von Holz, denen nichts mangelt, weil ihre Seele so arm ist, die nichts fragen nach Regen und Sonnenschein, weil sie nichts haben, was der Pflege bedürfte.

Ja! ja! es ist recht sehr leicht, glücklich, ruhig zu sein mit seichtem Herzen und eingeschränktem Geiste. Gönnen kann mans euch; wer ereifert sich denn, daß die bretterne Scheibe nicht wehklagt, wenn der Pfeil sie trifft, und daß der hohle Topf so dumpf klingt, wenn ihn einer an die Wand wirft?

Nur müßt ihr euch bescheiden, lieben Leute, müßt ja in aller Stille euch wundern, wenn ihr nicht begreift, daß andre nicht auch so glücklich, auch so selbstgenügsam sind, müßt ja euch hüten, eure Weisheit zum Gesetz zu machen, denn das wäre der Welt Ende, wenn man euch gehorchte.

Ich lebte nun sehr still, sehr anspruchslos in Tina. Ich ließ auch wirklich die Erscheinungen der Welt vorüberziehn, wie Nebel im Herbste, lachte manchmal auch mit nassen Augen über mein Herz, wenn es hinzuflog, um zu naschen, wie der Vogel nach der gemalten Traube, und blieb still und freundlich dabei.

Ich ließ nun jedem gerne seine Meinung, seine Unart. Ich war bekehrt, ich wollte niemand mehr bekehren, nur war mir traurig, wenn ich sah, daß die Menschen glaubten, ich lasse darum ihr Possenspiel unangetastet, weil ich es so hoch und teuer achte, wie sie. Ich mochte nicht gerade ihrer Albernheit mich unterwerfen, doch sucht ich sie zu schonen, wo ich konnte. Das ist ja ihre Freude, dacht ich, davon leben sie ja!

Oft ließ ich sogar mir gefallen, mitzumachen, und wenn ich noch so seelenlos, so ohne eignen Trieb dabei war, das merkte keiner, da vermißte keiner nichts, und hätt ich gesagt, sie möchten mirs verzeihen, so wären sie dagestanden und hätten sich verwundert und gefragt: was hast du denn uns getan? Die Nachsichtigen!

Oft, wenn ich des Morgens dastand unter meinem Fenster und der geschäftige Tag mir entgegenkam, konnt auch ich mich augenblicklich vergessen, konnte mich umsehn, als möcht ich etwas vornehmen, woran mein Wesen seine Lust noch hätte, wie ehmals, aber da schalt ich mich, da besann ich mich, wie einer, dem ein Laut aus seiner Muttersprache entfährt, in einem Lande, wo sie nicht verstanden wird – wohin, mein Herz? sagt ich verständig zu mir selber und gehorchte mir.

Was ists denn, daß der Mensch so viel will? fragt ich oft; was soll denn die Unendlichkeit in seiner Brust? Unendlichkeit? wo ist sie denn? wer hat sie denn vernommen? Mehr will er, als er kann! das möchte wahr sein! O! das hast du oft genug erfahren. Das ist auch nötig, wie es ist. Das gibt das süße, schwärmerische Gefühl der Kraft, daß sie nicht ausströmt, wie sie will, das eben macht die schönen Träume von Unsterblichkeit und all die holden und die kolossalischen Phantome, die den Menschen tausendfach entzücken, das schafft dem Menschen sein Elysium und seine Götter, daß seines Lebens Linie nicht gerad ausgeht, daß er nicht hinfährt, wie ein Pfeil, und eine fremde Macht dem Fliehenden in den Weg sich wirft.

Des Herzens Woge schäumte nicht so schön empor, und würde Geist, wenn nicht der alte stumme Fels, das Schicksal, ihr entgegenstände.

Aber dennoch stirbt der Trieb in unserer Brust, und mit ihm unsre Götter und ihr Himmel.

Das Feuer geht empor in freudigen Gestalten, aus der dunkeln Wiege, wo es schlief, und seine Flamme steigt und fällt, und bricht sich und umschlingt sich freudig wieder, bis ihr Stoff verzehrt ist, nun raucht und ringt sie und erlischt; was übrig ist, ist Asche.

So gehts mit uns. Das ist der Inbegriff von allem, was in schröckendreizenden Mysterien die Weisen uns erzählen.

Und du? was frägst du dich? Daß so zuweilen etwas in dir auffährt, und, wie der Mund des Sterbenden, dein Herz in Einem Augenblicke so gewaltsam dir sich öffnet und verschließt, das gerade ist das böse Zeichen.

Sei nur still, und laß es seinen Gang gehn! künstle nicht! versuche kindisch nicht, um eine Ehle länger dich zu machen! – Es ist, als wolltest du noch eine Sonne schaffen, und neue Zöglinge für sie, ein Erdenrund und einen Mond erzeugen.

So träumt ich hin. Geduldig nahm ich nach und nach von allem Abschied. – O ihr Genossen meiner Zeit! fragt eure Ärzte nicht und nicht die Priester, wenn ihr innerlich vergeht!

Ihr habt den Glauben an alles Große verloren; so müßt, so müßt ihr hin, wenn dieser Glaube nicht wiederkehrt, wie ein Komet aus fremden Himmeln.

Hyperion an Bellarmin

Es gibt ein Vergessen alles Daseins, ein Verstummen unsers Wesens, wo uns ist, als hätten wir alles gefunden.

Es gibt ein Verstummen, ein Vergessen alles Daseins, wo uns ist, als hätten wir alles verloren, eine Nacht unsrer Seele, wo kein Schimmer eines Sterns, wo nicht einmal ein faules Holz uns leuchtet.

Ich war nun ruhig geworden. Nun trieb mich nichts mehr auf um Mitternacht. Nun sengt ich mich in meiner eignen Flamme nicht mehr.

Ich sah nun still und einsam vor mich hin, und schweift in die Vergangenheit und in die Zukunft mit dem Auge nicht. Nun drängte Fernes und Nahes sich in meinem Sinne nicht mehr; die Menschen, wenn sie mich nicht zwangen, sie zu sehen, sah ich nicht.

Sonst lag oft, wie das ewigleere Faß der Danaiden, vor meinem Sinne dies Jahrhundert, und mit verschwenderischer Liebe goß meine Seele sich aus, die Lücken auszufüllen; nun sah ich keine Lücke mehr, nun drückte mich des Lebens Langeweile nicht mehr.

Nun sprach ich nimmer zu der Blume, du bist meine Schwester! und zu den Quellen, wir sind Eines Geschlechts! ich gab nun treulich, wie ein Echo, jedem Dinge seinen Namen.

Wie ein Strom an dürren Ufern, wo kein Weidenblatt im Wasser sich spiegelt, lief unverschönert vorüber an mir die Welt.

Hyperion an Bellarmin

Es kann nichts wachsen und nichts so tief vergehen, wie der Mensch. Mit der Nacht des Abgrunds vergleicht er oft sein Leiden und mit dem Aether seine Seligkeit, und wie wenig ist dadurch gesagt?

Aber schöner ist nichts, als wenn es so nach langem Tode wieder in ihm dämmert, und der Schmerz, wie ein Bruder, der fernher dämmernden Freude entgegengeht.

O es war ein himmlisch Ahnen, womit ich jetzt den kommenden Frühling wieder begrüßte! Wie fernher in schweigender Luft, wenn alles schläft, das Saitenspiel der Geliebten, so umtönten seine leisen Melodien mir die Brust, wie von Elysium herüber, vernahm ich seine Zukunft, wenn die toten Zweige sich regten und ein lindes Wehen meine Wange berührte.

Holder Himmel Ioniens! so war ich nie an dir gehangen, aber so ähnlich war dir auch nie mein Herz gewesen, wie damals, in seinen heitern zärtlichen Spielen. –

Wer sehnt sich nicht nach Freuden der Liebe und großen Taten, wenn im Auge des Himmels und im Busen der Erde der Frühling wiederkehrt?

Ich erhob mich, wie vom Krankenbette, leise und langsam, aber von geheimen Hoffnungen zitterte mir die Brust so selig, daß ich drüber vergaß, zu fragen, was dies zu bedeuten habe.

Schönere Träume umfingen mich jetzt im Schlafe, und wenn ich erwachte, waren sie mir im Herzen, wie die Spur eines Kusses auf der Wange der Geliebten. O das Morgenlicht und ich, wir gingen nun uns entgegen, wie versöhnte

Freunde, wenn sie noch etwas fremde tun, und doch den nahen unendlichen Augenblick des Umarmens schon in der Seele tragen.

Es tat nun wirklich einmal wieder mein Auge sich auf, freilich, nicht mehr, wie sonst, gerüstet und erfüllt mit eigner Kraft, es war bittender geworden, es fleht' um Leben, aber es war mir im Innersten doch, als könnt es wieder werden mit mir, wie sonst, und besser.

Ich sahe die Menschen wieder an, als sollt auch ich wirken und mich freuen unter ihnen. Ich schloß mich wirklich herzlich überall an.

Himmel! wie war das eine Schadenfreude, daß der stolze Sonderling nun Einmal war, wie ihrer einer, geworden! wie hatten sie ihren Scherz daran, daß den Hirsch des Waldes der Hunger trieb, in ihren Hühnerhof zu laufen! –

Ach! meinen Adamas sucht ich, meinen Alabanda, aber es erschien mir keiner.

Endlich schrieb ich auch nach Smyrna, und es war, als sammelt' alle Zärtlichkeit und alle Macht des Menschen in Einen Moment sich, da ich schrieb; so schrieb ich dreimal, aber keine Antwort, ich flehte, drohte, mahnt an alle Stunden der Liebe und der Kühnheit, aber keine Antwort von dem Unvergeßlichen, bis in den Tod geliebten – Alabanda! rief ich, o mein Alabanda! du hast den Stab gebrochen über mich. Du hieltest mich noch aufrecht, warst die letzte Hoffnung meiner Jugend! Nun will ich nichts mehr! nun ists heilig und gewiß!

Wir bedauern die Toten, als fühlten sie den Tod, und die Toten haben doch Frieden. Aber das, das ist der Schmerz, dem keiner gleichkömmt, das ist unaufhörliches Gefühl der gänzlichen Zernichtung, wenn unser Leben seine Bedeutung so verliert, wenn so das Herz sich sagt, du mußt hinunter und nichts bleibt übrig von dir; keine Blume hast du gepflanzt, keine Hütte gebaut, nur daß du sagen könntest: ich lasse eine Spur zurück auf Erden. Ach! und die Seele kann immer so voll Sehnens sein, bei dem, daß sie so mutlos ist!

Ich suchte immer etwas, aber ich wagte das Auge nicht aufzuschlagen vor den Menschen. Ich hatte Stunden, wo ich das Lachen eines Kindes fürchtete.

Dabei war ich meist sehr still und geduldig, hatte oft auch einen wunderbaren Aberglauben an die Heilkraft mancher Dinge; von einer Taube, die ich kaufte, von einer Kahnfahrt, von einem Tale, das die Berge mir verbargen, konnt ich Trost erwarten.

Genug! genug! wär ich mit Themistokles aufgewachsen, hätt ich unter den Scipionen gelebt, meine Seele hätte sich wahrlich nie von dieser Seite kennen gelernt.

Hyperion an Bellarmin

Zuweilen regte noch sich eine Geisteskraft in mir. Aber freilich nur zerstörend!

Was ist der Mensch? konnt ich beginnen; wie kommt es, daß so etwas in der Welt ist, das, wie ein Chaos, gärt, oder modert, wie ein fauler Baum, und nie zu einer Reife gedeiht? Wie duldet diesen Herling die Natur bei ihren süßen Trauben?

Zu den Pflanzen spricht er, ich war auch einmal, wie ihr! und zu den reinen Sternen, ich will werden, wie ihr, in einer andren Welt! inzwischen bricht er auseinander und treibt hin und wieder seine Künste mit sich selbst, als könnt er, wenn es einmal sich aufgelöst, Lebendiges zusammensetzen, wie ein Mauerwerk; aber es macht ihn auch nicht irre, wenn nichts gebessert wird durch all sein Tun; es bleibt doch immerhin ein Kunststück, was er treibt.

O ihr Armen, die ihr das fühlt, die ihr auch nicht sprechen mögt von menschlicher Bestimmung, die ihr auch so durch und durch ergriffen seid vom Nichts, das über uns waltet, so gründlich einseht, daß wir geboren werden für Nichts, daß wir lieben ein Nichts, glauben ans Nichts, uns abarbeiten für Nichts, um mählich überzugehen ins Nichts – was kann ich dafür, daß euch die Knie brechen, wenn ihrs ernstlich bedenkt? Bin ich doch auch schon manchmal hingesunken in diesen Gedanken, und habe gerufen, was legst du die Axt mir an die Wurzel, grausamer Geist? und bin noch da.

O einst, ihr finstern Brüder! war es anders. Da war es über uns so schön, so schön und froh vor uns; auch diese Herzen wallten über vor den fernen seligen Phantomen, und kühn frohlockend drangen auch unsere Geister aufwärts und durchbrachen die Schranke, und wie sie sich umsahn, wehe, da war es eine unendliche Leere.

O! auf die Knie kann ich mich werfen und meine Hände ringen und flehen, ich weiß nicht wen? um andre Gedanken. Aber ich überwältige sie nicht, die schreiende Wahrheit. Hab ich mich nicht zwiefach überzeugt? Wenn ich hinsehe ins Leben, was ist das Letzte von allem? Nichts. Wenn ich aufsteige im Geiste, was ist das Höchste von allem? Nichts.

Aber stille, mein Herz! Es ist ja deine letzte Kraft, die du verschwendest! deine letzte Kraft? und du, du willst den Himmel stürmen? wo sind denn deine hundert Arme, Titan, wo dein Pelion und Ossa, deine Treppe zu des Göttervaters Burg hinauf, damit du hinaufsteigst und den Gott und seinen Göttertisch und all die unsterblichen Gipfel des Olymps herabwirfst und den Sterblichen predigest: bleibt unten, Kinder des Augenblicks! strebt nicht in diese Höhen herauf, denn es ist nichts hier oben.

Das kannst du lassen, zu sehn, was über andere waltet. Dir gilt deine neue Lehre. Über dir und vor dir ist es freilich leer und öde, weil es in dir leer und öd ist.

Freilich, wenn ihr reicher seid, als ich, ihr andern, könntet ihr doch wohl auch ein wenig helfen.

Wenn euer Garten so voll Blumen ist, warum erfreut ihr Othem mich nicht auch? – Wenn ihr so voll der Gottheit seid, so reicht sie mir zu trinken. An Festen darbt ja niemand, auch der Ärmste nicht. Aber Einer nur hat seine Feste unter euch; das ist der Tod.

Not und Angst und Nacht sind eure Herren. Die sondern euch, die treiben euch mit Schlägen an einander. Den Hunger nennt ihr Liebe, und wo ihr nichts mehr seht, da wohnen eure Götter. Götter und Liebe?

O die Poeten haben recht, es ist nichts so klein und wenig, woran man sich nicht begeistern könnte.

So dacht ich. Wie das alles in mich kam, begreif ich noch nicht.

Zweites Buch

Hyperion an Bellarmin

Ich lebe jetzt auf der Insel des Ajax, der teuern Salamis. Ich liebe dies Griechenland überall. Es trägt die Farbe meines Herzens. Wohin man siehet, liegt eine Freude begraben.

Und doch ist so viel Liebliches und Großes auch um einen. Auf dem Vorgebirge hab ich mir eine Hütte gebaut von Mastixzweigen, und Moos und Bäume herumgepflanzt und Thymian und allerlei Sträuche.

Da hab ich meine liebsten Stunden, da sitz ich Abende lang und sehe nach Attika hinüber, bis endlich mein Herz zu hoch mir klopft; dann nehm ich mein Werkzeug, gehe hinab an die Bucht und fange mir Fische.

Oder les ich auch auf meiner Höhe droben vom alten herrlichen Seekrieg, der an Salamis einst im wilden klugbeherrschten Getümmel vertobte, und freue des Geistes mich, der das wütende Chaos von Freunden und Feinden lenken konnte und zähmen, wie ein Reuter das Roß, und schäme mich innigst meiner eigenen Kriegsgeschichte.

Oder schau ich aufs Meer hinaus und überdenke mein Leben, sein Steigen und Sinken, seine Seligkeit und seine Trauer und meine Vergangenheit lautet mir oft, wie ein Saitenspiel, wo der Meister alle Töne durchläuft, und Streit und Einklang mit verborgener Ordnung untereinanderwirft.

Heut ists dreifach schön hier oben. Zwei freundliche Regentage haben die Luft und die lebensmüde Erde gekühlt.

Der Boden ist grüner geworden, offner das Feld. Unendlich steht, mit der freudigen Kornblume gemischt, der goldene Weizen da, und licht und heiter steigen tausend hoffnungsvolle Gipfel aus der Tiefe des Hains. Zart und groß durchirret den Raum jede Linie der Fernen; wie Stufen gehn die Berge bis zur Sonne unaufhörlich hinter einander hinauf. Der ganze Himmel ist rein. Das weiße Licht ist nur über den Aether gehaucht, und, wie ein silbern Wölkchen, wallt der schüchterne Mond am hellen Tage vorüber.

Hyperion an Bellarmin

Mir ist lange nicht gewesen, wie jetzt.

Wie Jupiters Adler dem Gesange der Musen, lausch ich dem wunderbaren unendlichen Wohllaut in mir. Unangefochten an Sinn und Seele, stark und fröhlich, mit lächelndem Ernste, spiel ich im Geiste mit dem Schicksal und den drei Schwestern, den heiligen Parzen. Voll göttlicher Jugend frohlockt mein ganzes Wesen über sich selbst, über Alles. Wie der Sternenhimmel, bin ich still und bewegt.

Ich habe lange gewartet auf solche Festzeit, um dir einmal wieder zu schreiben. Nun bin ich stark genug; nun laß mich dir erzählen.

Mitten in meinen finstern Tagen lud ein Bekannter von Kalaurea herüber mich ein. Ich sollt in seine Gebirge kommen, schrieb er mir; man lebe hier freier als sonstwo, und auch da blüheten, mitten unter den Fichtenwäldern und reißenden Wassern, Limonienhaine und Palmen und liebliche Kräuter und Myrten und die heilige Rebe. Einen Garten hab er hoch am Gebirge gebaut und ein Haus; dem beschatteten dichte Bäume den Rücken, und kühlende Lüfte umspielten es leise in den brennenden Sommertagen; wie ein Vogel vom Gipfel der Ceder, blickte man in die Tiefen hinab, zu den Dörfern und grünen Hügeln, und zufriedenen Herden der Insel, die alle, wie Kinder, umherlägen um den herrlichen Berg und sich nährten von seinen schäumenden Bächen.

Das weckte mich denn doch ein wenig. Es war ein heiterer blauer Apriltag, an dem ich hinüberschiffte. Das Meer war ungewöhnlich schön und rein, und leicht die Luft, wie in höheren Regionen. Man ließ im schwebenden Schiffe die Erde hinter sich liegen, wie eine köstliche Speise, wenn der heilige Wein gereicht wird.

Dem Einflusse des Meers und der Luft widerstrebt der finstere Sinn umsonst. Ich gab mich hin, fragte nichts nach mir und andern, suchte nichts, sann auf nichts, ließ vom Boote mich halb in Schlummer wiegen, und bildete mir ein, ich liege in Charons Nachen. O es ist süß, so aus der Schale der Vergessenheit zu trinken.

Mein fröhlicher Schiffer hätte gerne mit mir gesprochen, aber ich war sehr einsilbig.

Er deutete mit dem Finger und wies mir rechts und links das blaue Eiland, aber ich sah nicht lange hin, und war im nächsten Augenblicke wieder in meinen eignen lieben Träumen.

Endlich, da er mir die stillen Gipfel in der Ferne wies und sagte, daß wir bald in Kalaurea wären, merkt ich mehr auf, und mein ganzes Wesen öffnete sich der wunderbaren Gewalt, die auf Einmal süß und still und unerklärlich mit mir spielte. Mit großem Auge, staunend und freudig sah ich hinaus in die Geheimnisse der Ferne, leicht zitterte mein Herz, und die Hand entwischte mir und faßte freundlichhastig meinen Schiffer an – so? rief ich, das ist Kalaurea? Und wie er mich drum ansah, wußt ich selbst nicht, was ich aus mir machen sollte. Ich grüßte meinen Freund mit wunderbarer Zärtlichkeit. Voll süßer Unruhe war all mein Wesen.

Den Nachmittag wollt ich gleich einen Teil der Insel durchstreifen. Die Wälder und geheimen Tale reizten mich unbeschreiblich, und der freundliche Tag lockte alles hinaus.

Es war so sichtbar, wie alles Lebendige mehr, denn tägliche Speise, begehrt, wie auch der Vogel sein Fest hat und das Tier.

Es war entzückend anzusehn! Wie, wenn die Mutter schmeichelnd frägt, wo um sie her ihr Liebstes sei, und alle Kinder in den Schoß ihr stürzen, und das Kleinste noch die Arme aus der Wiege streckt, so flog und sprang und strebte jedes Leben in die göttliche Luft hinaus, und Käfer und Schwalben und Tauben und Störche tummelten sich in frohlockender Verwirrung unter einander in den Tiefen und Höhn, und was die Erde festhielt, dem ward zum Fluge der Schritt, über die Gräben brauste das Roß und über die Zäune das Reh, und aus dem Meergrund kamen die Fische herauf und hüpften über die Fläche. Allen drang die mütterliche Luft ans Herz, und hob sie und zog sie zu sich.

Und die Menschen gingen aus ihren Türen heraus, und fühlten wunderbar das geistige Wehen, wie es leise die zarten Haare über der Stirne bewegte, wie es den Lichtstrahl kühlte, und lösten freundlich ihre Gewänder, um es aufzunehmen an ihre Brust, atmeten süßer, berührten zärtlicher das leichte klare schmeichelnde Meer, in dem sie lebten und webten.

O Schwester des Geistes, der feurigmächtig in uns waltet und lebt, heilige Luft! wie schön ists, daß du, wohin ich wandre, mich geleitest, Allgegenwärtige, Unsterbliche!

Mit den Kindern spielte das hohe Element am schönsten.

Das summte friedlich vor sich hin, dem schlüpft' ein taktlos Liedchen aus den Lippen, dem ein Frohlocken aus offner Kehle; das streckte sich, das sprang in die Höhe; ein andres schlenderte vertieft umher.

Und all dies war die Sprache Eines Wohlseins, alles Eine Antwort auf die Liebkosungen der entzückenden Lüfte.

Ich war voll unbeschreiblichen Sehnens und Friedens. Eine fremde Macht beherrschte mich. Freundlicher Geist, sagt ich bei mir selber, wohin rufest du mich? nach Elysium oder wohin?

Ich ging in einem Walde, am rieselnden Wasser hinauf, wo es über Felsen heruntertröpfelte, wo es harmlos über die Kieseln glitt, und mählich verengte sich und ward zum Bogengange das Tal, und einsam spielte das Mittagslicht im schweigenden Dunkel –

Hier – ich möchte sprechen können, mein Bellarmin! möchte gerne mit Ruhe dir schreiben!

Sprechen? o ich bin ein Laie in der Freude, ich will sprechen!

Wohnt doch die Stille im Lande der Seligen, und über den Sternen vergißt das Herz seine Not und seine Sprache.

Ich hab es heilig bewahrt! wie ein Palladium, hab ich es in mir getragen, das Göttliche, das mir erschien! und wenn hinfort mich das Schicksal ergreift und von einem Abgrund in den andern mich wirft, und alle Kräfte ertränkt in mir und alle Gedanken, so soll dies Einzige doch mich selber überleben in mir, und leuchten in mir und herrschen, in ewiger, unzerstörbarer Klarheit! –

So lagst du hingegossen, süßes Leben, so blicktest du auf, erhubst dich, standst nun da, in schlanker Fülle, göttlich ruhig, und das himmlische Gesicht noch voll des heitern Entzückens, worin ich dich störte!

O wer in die Stille dieses Auges gesehn, wem diese süßen Lippen sich aufgeschlossen, wovon mag der noch sprechen?

Friede der Schönheit! göttlicher Friede! wer einmal an dir das tobende Leben und den zweifelnden Geist besänftigt, wie kann dem anderes helfen?

Ich kann nicht sprechen von ihr, aber es gibt ja Stunden, wo das Beste und Schönste, wie in Wolken, erscheint, und der Himmel der Vollendung vor der ahnenden Liebe sich öffnet, da, Bellarmin! da denke ihres Wesens, da beuge die

Knie mit mir, und denke meiner Seligkeit! aber vergiß nicht, daß ich hatte, was du ahnest, daß ich mit diesen Augen sah, was nur, wie in Wolken, dir erscheint.

Daß die Menschen manchmal sagen möchten: sie freueten sich! O glaubt, ihr habt von Freude noch nichts geahnet! Euch ist der Schatten ihres Schattens noch nicht erschienen! O geht, und sprecht vom blauen Aether nicht, ihr Blinden!

Daß man werden kann, wie die Kinder, daß noch die goldne Zeit der Unschuld wiederkehrt, die Zeit des Friedens und der Freiheit, daß doch Eine Freude ist, Eine Ruhestätte auf Erden!

Ist der Mensch nicht veraltert, verwelkt, ist er nicht, wie ein abgefallen Blatt, das seinen Stamm nicht wieder findet und nun umhergescheucht wird von den Winden, bis es der Sand begräbt?

Und dennoch kehrt sein Frühling wieder!

Weint nicht, wenn das Trefflichste verblüht! bald wird es sich verjüngen! Trauert nicht, wenn eures Herzens Melodie verstummt! bald findet eine Hand sich wieder, es zu stimmen!

Wie war denn ich? war ich nicht wie ein zerrissen Saitenspiel? Ein wenig tönt ich noch, aber es waren Todestöne. Ich hatte mir ein düster Schwanenlied gesungen! Einen Sterbekranz hätt ich gern mir gewunden, aber ich hatte nur Winterblumen.

Und wo war sie denn nun, die Totenstille, die Nacht und Öde meines Lebens? die ganze dürftige Sterblichkeit?

Freilich ist das Leben arm und einsam. Wir wohnen hier unten, wie der Diamant im Schacht. Wir fragen umsonst, wie wir herabgekommen, um wieder den Weg hinauf zu finden.

Wir sind, wie Feuer, das im dürren Aste oder im Kiesel schläft; und ringen und suchen in jedem Moment das Ende der engen Gefangenschaft. Aber sie kommen, sie wägen Aeonen des Kampfes auf, die Augenblicke der Befreiung, wo das Göttliche den Kerker sprengt, wo die Flamme vom Holze sich löst und siegend emporwallt über der Asche, ha! wo uns ist, als kehrte der entfesselte Geist, vergessen der Leiden, der Knechtsgestalt, im Triumphe zurück in die Hallen der Sonne.

Hyperion an Bellarmin

Ich war einst glücklich, Bellarmin! Bin ich es nicht noch? Wär ich es nicht, wenn auch der heilige Moment, wo ich zum ersten Male sie sah, der letzte wäre gewesen?

Ich hab es Einmal gesehn, das Einzige, das meine Seele suchte, und die Vollendung, die wir über die Sterne hinauf entfernen, die wir hinausschieben bis ans Ende der Zeit, die hab ich gegenwärtig gefühlt. Es war da, das Höchste, in diesem Kreise der Menschennatur und der Dinge war es da!

Ich frage nicht mehr, wo es sei; es war in der Welt, es kann wiederkehren in ihr, es ist jetzt nur verborgner in ihr. Ich frage nicht mehr, was es sei; ich hab es gesehn, ich hab es kennen gelernt.

O ihr, die ihr das Höchste und Beste sucht, in der Tiefe des Wissens, im Getümmel des Handelns, im Dunkel der Vergangenheit, im Labyrinthe der Zukunft, in den Gräbern oder über den Sternen! wißt ihr seinen Namen? den Namen des, das Eins ist und Alles?

Sein Name ist Schönheit.

Wußtet ihr, was ihr wolltet? Noch weiß ich es nicht, doch ahn ich es, der neuen Gottheit neues Reich, und eil ihm zu und ergreife die andern und führe sie mit mir, wie der Strom die Ströme in den Ozean.

Und du, du hast mir den Weg gewiesen! Mit dir begann ich. Sie sind der Worte nicht wert, die Tage, da ich noch dich nicht kannte –

O Diotima, Diotima, himmlisches Wesen!

Hyperion an Bellarmin

Laß uns vergessen, daß es eine Zeit gibt und zähle die Lebenstage nicht!

Was sind Jahrhunderte gegen den Augenblick, wo zwei Wesen so sich ahnen und nahn?

Noch seh ich den Abend, an dem Notara zum ersten Male zu ihr ins Haus mich brachte.

Sie wohnte nur einige hundert Schritte von uns am Fuße des Bergs.

Ihre Mutter war ein denkend zärtlich Wesen, ein schlichter fröhlicher Junge der Bruder, und beede gestanden herzlich in allem Tun und Lassen, daß Diotima die Königin des Hauses war.

Ach! es war alles geheiliget, verschönert durch ihre Gegenwart. Wohin ich sah, was ich berührte, ihr Fußteppich, ihr Polster, ihr Tischchen, alles war in geheimem Bunde mit ihr. Und da sie zum ersten Male mit Namen mich rief, da sie selbst so nahe mir kam, daß ihr unschuldiger Othem mein lauschend Wesen berührte! –

Wir sprachen sehr wenig zusammen. Man schämt sich seiner Sprache. Zum Tone möchte man werden und sich vereinen in Einen Himmelsgesang.

Wovon auch sollten wir sprechen? Wir sahn nur uns. Von uns zu sprechen, scheuten wir uns.

Vom Leben der Erde sprachen wir endlich.

So feurig und kindlich ist ihr noch keine Hymne gesungen worden.

Es tat uns wohl, den Überfluß unsers Herzens der guten Mutter in den Schoß zu streuen. Wir fühlten uns dadurch erleichtert, wie die Bäume, wenn ihnen der Sommerwind die fruchtbaren Äste schüttelt, und ihre süßen Äpfel in das Gras gießt.

Wir nannten die Erde eine der Blumen des Himmels, und den Himmel nannten wir den unendlichen Garten des Lebens. Wie die Rosen sich mit goldnen Stäubchen erfreuen, sagten wir, so erfreue das heldenmütige Sonnenlicht mit seinen Strahlen die Erde; sie sei ein herrlich lebend Wesen, sagten wir, gleich göttlich, wenn ihr zürnend Feuer oder mildes klares Wasser aus dem Herzen quille, immer glücklich, wenn sie von Tautropfen sich nähre, oder von Gewitterwolken, die sie sich zum Genusse bereite mit Hülfe des Himmels, die immer treuer liebende Hälfte des Sonnengotts, ursprünglich vielleicht inniger mit ihm vereint, dann aber durch ein allwaltend Schicksal geschieden von ihm, damit sie ihn suche, sich nähere, sich entferne und unter Lust und Trauer zur höchsten Schönheit reife.

So sprachen wir. Ich gebe dir den Inhalt, den Geist davon. Aber was ist er ohne das Leben?

Es dämmerte, und wir mußten gehen. Gute Nacht, ihr Engelsaugen! dacht ich im Herzen, und erscheine du bald mir wieder, schöner göttlicher Geist, mit deiner Ruhe und Fülle!

Hyperion an Bellarmin

Ein paar Tage drauf kamen sie herauf zu uns. Wir gingen zusammen im Garten herum. Diotima und ich gerieten voraus, vertieft, mir traten oft Tränen der Wonne ins Auge, über das Heilige, das so anspruchlos zur Seite mir ging.

Vorn am Rande des Berggipfels standen wir nun, und sahn hinaus, in den unendlichen Osten.

Diotimas Auge öffnete sich weit, und leise, wie eine Knospe sich aufschließt, schloß das liebe Gesichtchen vor den Lüften des Himmels sich auf, ward lauter Sprache und Seele, und, als begänne sie den Flug in die Wolken, stand sanft empor gestreckt die ganze Gestalt, in leichter Majestät, und berührte kaum mit den Füßen die Erde.

O unter den Armen hätt ich sie fassen mögen, wie der Adler seinen Ganymed, und hinfliegen mit ihr über das Meer und seine Inseln.

Nun trat sie weiter vor, und sah die schroffe Felsenwand hinab. Sie hatte ihre Lust daran, die schröckende Tiefe zu messen, und sich hinab zu verlieren in die Nacht der Wälder, die unten aus Felsenstücken und schäumenden Wetterbächen herauf die lichten Gipfel streckten.

Das Geländer, worauf sie sich stützte, war etwas niedrig. So durft ich es ein wenig halten, das Reizende, indes es so sich vorwärts beugte. Ach! heiße zitternde Wonne durchlief mein Wesen und Taumel und Toben war in allen Sinnen, und die Hände brannten mir, wie Kohlen, da ich sie berührte.

Und dann die Herzenslust, so traulich neben ihr zu stehn, und die zärtlich kindische Sorge, daß sie fallen möchte, und die Freude an der Begeisterung des herrlichen Mädchens!

Was ist alles, was in Jahrtausenden die Menschen taten und dachten, gegen Einen Augenblick der Liebe? Es ist aber auch das Gelungenste, Göttlichschönste in der Natur! dahin führen alle Stufen auf der Schwelle des Lebens. Daher kommen wir, dahin gehn wir.

Hyperion an Bellarmin

Nur ihren Gesang sollt ich vergessen, nur diese Seelentöne sollten nimmer wiederkehren in meinen unaufhörlichen Träumen.

Man kennt den stolzhinschiffenden Schwan nicht, wenn er schlummernd am Ufer sitzt.

Nur, wenn sie sang, erkannte man die liebende Schweigende, die so ungern sich zur Sprache verstand.

Da, da ging erst die himmlische Ungefällige in ihrer Majestät und Lieblichkeit hervor; da weht' es oft so bittend und so schmeichelnd, oft, wie ein Göttergebot, von den zarten blühenden Lippen. Und wie das Herz sich regt' in dieser göttlichen Stimme, wie alle Größe und Demut, alle Lust und alle Trauer des Lebens verschönert im Adel dieser Töne erschien!

Wie im Fluge die Schwalbe die Bienen hascht, ergriff sie immer uns alle.

Es kam nicht Lust und nicht Bewunderung, es kam der Friede des Himmels unter uns.

Tausendmal hab ich es ihr und mir gesagt: das Schönste ist auch das Heiligste. Und so war alles an ihr. Wie ihr Gesang, so auch ihr Leben.

Hyperion an Bellarmin

Unter den Blumen war ihr Herz zu Hause, als wär es eine von ihnen.

Sie nannte sie alle mit Namen, schuf ihnen aus Liebe neue, schönere, und wußte genau die fröhlichste Lebenszeit von jeder.

Wie eine Schwester, wenn aus jeder Ecke ein Geliebtes ihr entgegenkömmt, und jedes gerne zuerst gegrüßt sein möchte, so war das stille Wesen mit Aug und Hand beschäftigt, selig zerstreut, wenn auf der Wiese wir gingen, oder im Walde.

Und das war so ganz nicht angenommen, angebildet, das war so mit ihr aufgewachsen.

Es ist doch ewig gewiß und zeigt sich überall: je unschuldiger, schöner eine Seele, desto vertrauter mit den andern glücklichen Leben, die man seelenlos nennt.

Hyperion an Bellarmin

Tausendmal hab ich in meiner Herzensfreude gelacht über die Menschen, die sich einbilden, ein erhabner Geist könne unmöglich wissen, wie man ein Gemüse bereitet. Diotima konnte wohl zur rechten Zeit recht herzhaft von dem

Feuerherde sprechen, und es ist gewiß nichts edler, als ein edles Mädchen, das die allwohltätige Flamme besorgt, und, ähnlich der Natur, die herzerfreuende Speise bereitet.

Hyperion an Bellarmin

Was ist alles künstliche Wissen in der Welt, was ist die ganze stolze Mündigkeit der menschlichen Gedanken gegen die ungesuchten Töne dieses Geistes, der nicht wußte, was er wußte, was er war?

Wer will die Traube nicht lieber voll und frisch, so wie sie aus der Wurzel quoll, als die getrockneten gepflückten Beere, die der Kaufmann in die Kiste preßt und in die Welt schickt? Was ist die Weisheit eines Buchs gegen die Weisheit eines Engels?

Sie schien immer so wenig zu sagen, und sagte so viel.

Ich geleitete sie einst in später Dämmerung nach Hause; wie Träume, beschlichen tauende Wölkchen die Wiese, wie lauschende Genien, sahn die seligen Sterne durch die Zweige.

Man hörte selten ein „wie schön!" aus ihrem Munde, wenn schon das fromme Herz kein lispelnd Blatt, kein Rieseln einer Quelle unbehorcht ließ.

Diesmal sprach sie es denn doch mir aus – wie schön!

Es ist wohl uns zuliebe so! sagt ich, ungefähr, wie Kinder etwas sagen, weder im Scherze noch im Ernste.

Ich kann mir denken, was du sagst, erwiderte sie; ich denke mir die Welt am liebsten, wie ein häuslich Leben, wo jedes, ohne gerade dran zu denken, sich ins andre schickt, und wo man sich einander zum Gefallen und zur Freude lebt, weil es eben so vom Herzen kömmt.

Froher erhabner Glaube! rief ich.

Sie schwieg eine Weile.

Auch wir sind also Kinder des Hauses, begann ich endlich wieder, sind es und werden es sein.

Werden ewig es sein, erwiderte sie.

Werden wir das? fragt ich.

Ich vertraue, fuhr sie fort, hierinnen der Natur, so wie ich täglich ihr vertraue.

O ich hätte mögen Diotima sein, da sie dies sagte! Aber du weißt nicht, was sie sagte, mein Bellarmin! Du hast es nicht gesehn und nicht gehört.

Du hast recht, rief ich ihr zu; die ewige Schönheit, die Natur leidet keinen Verlust in sich, so wie sie keinen Zusatz leidet. Ihr Schmuck ist morgen anders, als er heute war; aber unser Bestes, uns, uns kann sie nicht entbehren und dich am wenigsten. Wir glauben, daß wir ewig sind, denn unsere Seele fühlt die Schönheit der Natur. Sie ist ein Stückwerk, ist die Göttliche, die Vollendete nicht, wenn jemals du in ihr vermißt wirst. Sie verdient dein Herz nicht, wenn sie erröten muß vor deinen Hoffnungen.

Hyperion an Bellarmin

So bedürfnislos, so göttlichgenügsam hab ich nichts gekannt.

Wie die Woge des Ozeans das Gestade seliger Inseln, so umflutete mein ruheloses Herz den Frieden des himmlischen Mädchens.

Ich hatt ihr nichts zu geben, als ein Gemüt voll wilder Widersprüche, voll blutender Erinnerungen, nichts hatt ich ihr zu geben, als meine grenzenlose Liebe mit ihren tausend Sorgen, ihren tausend tobenden Hoffnungen; sie aber stand vor mir in wandelloser Schönheit, mühelos, in lächelnder Vollendung da, und alles Sehnen, alles Träumen der Sterblichkeit, ach! alles, was in goldnen Morgenstunden von höhern Regionen der Genius weissagt, es war alles in dieser Einen stillen Seele erfüllt.

Man sagt sonst, über den Sternen verhalle der Kampf, und künftig erst, verspricht man uns, wenn unsre Hefe gesunken sei, verwandle sich in edeln Freudenwein das gärende Leben, die Herzensruhe der Seligen sucht man sonst auf dieser Erde nirgends mehr. Ich weiß es anders. Ich bin den nähern Weg gekommen. Ich stand vor ihr, und hört und sah den Frieden des Himmels, und mitten im seufzenden Chaos erschien mir Urania.

Wie oft hab ich meine Klagen vor diesem Bilde gestillt! wie oft hat sich das übermütige Leben und der strebende Geist besänftigt, wenn ich, in selige Betrachtungen versunken, ihr ins Herz sah, wie man in die Quelle siehet, wenn sie still erbebt von den Berührungen des Himmels, der in Silbertropfen auf sie niederträufelt!

Sie war mein Lethe, diese Seele, mein heiliger Lethe, woraus ich die Vergessenheit des Daseins trank, daß ich vor ihr stand, wie ein Unsterblicher, und freudig mich schalt, und wie nach schweren Träumen lächeln mußte über alle Ketten, die mich gedrückt.

O ich wär ein glücklicher, ein trefflicher Mensch geworden mit ihr!

Mit ihr! aber das ist mißlungen, und nun irr ich herum in dem, was vor und in mir ist, und drüber hinaus, und weiß nicht, was ich machen soll aus mir und andern Dingen.

Meine Seele ist, wie ein Fisch aus ihrem Elemente auf den Ufersand geworfen, und windet sich und wirft sich umher, bis sie vertrocknet in der Hitze des Tags.

Ach! gäb es nur noch etwas in der Welt für mich zu tun! gäb es eine Arbeit, einen Krieg für mich, das sollte mich erquicken!

Knäblein, die man von der Mutterbrust gerissen und in die Wüste geworfen, hat einst, so sagt man, eine Wölfin gesäugt.

Mein Herz ist nicht so glücklich.

Hyperion an Bellarmin

Ich kann nur hie und da ein Wörtchen von ihr sprechen. Ich muß vergessen, was sie ganz ist, wenn ich von ihr sprechen soll. Ich muß mich täuschen, als hätte sie vor alten Zeiten gelebt, als wüßt ich durch Erzählung einiges von ihr, wenn ihr lebendig Bild mich nicht ergreifen soll, daß ich vergehe im Entzücken und im Schmerz, wenn ich den Tod der Freude über sie und den Tod der Trauer um sie nicht sterben soll.

Hyperion an Bellarmin

Es ist umsonst; ich kanns mir nicht verbergen. Wohin ich auch entfliehe mit meinen Gedanken, in die Himmel hinauf und in den Abgrund, zum Anfang und ans Ende der Zeiten, selbst wenn ich ihm, der meine letzte Zuflucht war, der sonst noch jede Sorge in mir verzehrte, der alle Lust und allen Schmerz des Lebens sonst mit der Feuerflamme, worin er sich offenbarte, in mir versengte, selbst wenn ich ihm mich in die Arme werfe, dem herrlichen geheimen Geiste der Welt, in seine Tiefe mich tauche, wie in den bodenlosen Ozean hinab, auch da, auch da finden die süßen Schrecken mich aus, die süßen verwirrenden tötenden Schrecken, daß Diotimas Grab mir nah ist.

Hörst du? hörst du? Diotimas Grab!

Mein Herz war doch so stille geworden, und meine Liebe war begraben mit der Toten, die ich liebte.

Du weißt, mein Bellarmin! ich schrieb dir lange nicht von ihr, und da ich schrieb, so schrieb ich dir gelassen, wie ich meine.

Was ists denn nun?

Ich gehe ans Ufer hinaus und sehe nach Kalaurea, wo sie ruhet, hinüber, das ists.

O daß ja keiner den Kahn mir leihe, daß ja sich keiner erbarme und mir sein Ruder biete und mir hinüberhelfe zu ihr!

Daß ja das gute Meer nicht ruhig bleibe, damit ich nicht ein Holz mir zimmre und hinüberschwimme zu ihr.

Aber in die tobende See will ich mich werfen, und ihre Woge bitten, daß sie an Diotimas Gestade mich wirft! –

Lieber Bruder! ich tröste mein Herz mit allerlei Phantasien, ich reiche mir manchen Schlaftrank; und es wäre wohl größer, sich zu befreien auf immer, als sich zu behelfen mit Palliativen; aber wem gehts nicht so? Ich bin denn doch damit zufrieden.

Zufrieden? ach das wäre gut! da wäre ja geholfen, wo kein Gott nicht helfen kann.

Nun! nun! ich habe, was ich konnte, getan! Ich fodre von dem Schicksal meine Seele.

Hyperion an Bellarmin

War sie nicht mein, ihr Schwestern des Schicksals, war sie nicht mein? Die reinen Quellen fodr' ich auf zu Zeugen, und die unschuldigen Bäume, die uns belauschten, und das Tagslicht und den Aether! war sie nicht mein? vereint mit mir in allen Tönen des Lebens?

Wo ist das Wesen, das, wie meines, sie erkannte? in welchem Spiegel sammelten sich, so wie in mir, die Strahlen dieses Lichts? erschrak sie freudig nicht vor ihrer eignen Herrlichkeit, da sie zuerst in meiner Freude sich gewahr ward? Ach! wo ist das Herz, das so, wie meines, überall ihr nah war, so, wie meines, sie erfüllte und von ihr erfüllt war, das so einzig da war, ihres zu umfangen, wie die Wimper für das Auge da ist.

Wir waren Eine Blume nur, und unsre Seelen lebten in einander, wie die Blume, wenn sie liebt, und ihre zarten Freuden im verschloßnen Kelche verbirgt.

Und doch, doch wurde sie, wie eine angemaßte Krone, von mir gerissen und in den Staub gelegt?

Hyperion an Bellarmin

Eh es eines von uns beeden wußte, gehörten wir uns an.

Wenn ich so, mit allen Huldigungen des Herzens, selig überwunden, vor ihr stand, und schwieg, und all mein Leben sich hingab in den Strahlen des Augs, das sie nur sah, nur sie umfaßte, und sie dann wieder zärtlich zweifelnd mich betrachtete, und nicht wußte, wo ich war mit meinen Gedanken, wenn ich oft, begraben in Lust und Schönheit, bei einem reizenden Geschäfte sie belauschte, und um die leiseste Bewegung, wie die Biene um die schwanken Zweige, meine Seele schweift' und flog, und wenn sie dann in friedlichen Gedanken gegen mich sich wandt, und, überrascht von meiner Freude, meine Freude sich verbergen mußt, und bei der lieben Arbeit ihre Ruhe wieder sucht' und fand –

Wenn sie, wunderbar allwissend, jeden Wohlklang, jeden Mißlaut in der Tiefe meines Wesens, im Momente, da er begann, noch eh ich selbst ihn wahrnahm, mir enthüllte, wenn sie jeden Schatten eines Wölkchens auf der Stirne, jeden Schatten einer Wehmut, eines Stolzes auf der Lippe, jeden Funken mir im Auge sah, wenn sie die Ebb und Flut des Herzens mir behorcht' und sorgsam trübe Stunden ahnete, indes mein Geist zu unenthaltsam, zu verschwenderisch im üppigen Gespräche sich verzehrte, wenn das liebe Wesen, treuer, wie ein Spiegel, jeden Wechsel meiner Wange mir verriet, und oft in freundlichen Bekümmernissen über mein unstet Wesen mich ermahnt', und strafte, wie ein teures Kind –

Ach! da du einst, Unschuldige, an den Fingern die Treppen zähltest, von unsrem Berge herab zu deinem Hause, da du deine Spaziergänge mir wiesest, die Plätze, wo du sonst gesessen, und mir erzähltest, wie die Zeit dir da vergangen, und mir am Ende sagtest, es sei dir jetzt, als wär ich auch von jeher dagewesen –

Gehörten wir da nicht längst uns an?

Hyperion an Bellarmin

Ich baue meinem Herzen ein Grab, damit es ruhen möge; ich spinne mich ein, weil überall es Winter ist; in seligen Erinnerungen hüll ich vor dem Sturme mich ein.

Wir saßen einst mit Notara – so hieß der Freund, bei dem ich lebte – und einigen andern, die auch, wie wir, zu den Sonderlingen in Kalaurea gehörten, in Diotimas Garten, unter blühenden Mandelbäumen, und sprachen unter andrem über die Freundschaft.

Ich hatte wenig mitgesprochen, ich hütete mich seit einiger Zeit, viel Worte zu machen von Dingen, die das Herz zunächst angehn, meine Diotima hatte mich so einsilbig gemacht –

Da Harmodius und Aristogiton lebten, rief endlich einer, da war noch Freundschaft in der Welt. Das freute mich zu sehr, als daß ich hätte schweigen mögen.

Man sollte dir eine Krone flechten um dieses Wortes willen! rief ich ihm zu; hast du denn wirklich eine Ahnung davon, hast du ein Gleichnis für die Freundschaft des Aristogiton und Harmodius? Verzeih mir! Aber beim Aether! man muß Aristogiton sein, um nachzufühlen, wie Aristogiton liebte, und die Blitze durfte wohl der Mann nicht fürchten, der geliebt sein wollte mit Harmodius Liebe, denn es täuscht mich alles, wenn der furchtbare Jüngling nicht mit Minos Strenge liebte. Wenige sind in solcher Probe bestanden, und es ist nicht leichter, eines Halbgotts Freund zu sein, als an der Götter Tische, wie Tantalus, zu sitzen. Aber es ist auch nichts Herrlicheres auf Erden, als wenn ein stolzes Paar, wie diese, so sich untertan ist.

Das ist auch meine Hoffnung, meine Lust in einsamen Stunden, daß solche große Töne und größere einst wiederkehren müssen in der Symphonie des Weltlaufs. Die Liebe gebar Jahrtausende voll lebendiger Menschen; die Freundschaft wird sie wiedergebären. Von Kinderharmonie sind einst die Völker ausgegangen, die Harmonie der Geister wird der Anfang einer neuen Weltgeschichte sein. Von Pflanzenglück begannen die Menschen und wuchsen auf, und wuchsen, bis sie reiften; von nun an gärten sie unaufhörlich fort, von innen und außen, bis jetzt das Menschengeschlecht, unendlich aufgelöst, wie ein Chaos daliegt, daß alle, die noch fühlen und sehen, Schwindel ergreift; aber die Schönheit flüchtet aus dem Leben der Menschen sich herauf in den Geist; Ideal wird, was Natur war, und wenn von unten gleich der Baum verdorrt ist und verwittert, ein frischer Gipfel ist noch hervorgegangen aus ihm, und grünt im Sonnenglanze, wie einst der Stamm in den Tagen der Jugend; Ideal ist, was Natur war. Daran, an diesem Ideale, dieser verjüngten Gottheit, erkennen die Wenigen sich und Eins sind sie, denn es ist Eines in ihnen, und von diesen, diesen beginnt das zweite Lebensalter der Welt – ich habe genug gesagt, um klar zu machen, was ich denke.

Da hättest du Diotima sehen sollen, wie sie aufsprang und die beeden Hände mir reichte und rief: ich hab es verstanden, Lieber, ganz verstanden, so viel es sagt.

Die Liebe gebar die Welt, die Freundschaft wird sie wieder gebären.

O dann, ihr künftigen, ihr neuen Dioskuren, dann weilt ein wenig, wenn ihr vorüberkömmt, da, wo Hyperion schläft, weilt ahnend über des vergeßnen Mannes Asche, und sprecht: er wäre, wie unser einer, wär er jetzt da.

Das hab ich gehört, mein Bellarmin! das hab ich erfahren, und gehe nicht willig in den Tod?

Ja! ja! ich bin vorausbezahlt, ich habe gelebt. Mehr Freude konnt ein Gott ertragen, aber ich nicht.

Hyperion an Bellarmin

Frägst du, wie mir gewesen sei um diese Zeit? Wie einem, der alles verloren hat, um alles zu gewinnen.

Oft kam ich freilich von Diotimas Bäumen, wie ein Siegestrunkner, oft mußt ich eilends weg von ihr, um keinen meiner Gedanken zu verraten; so tobte die Freude in mir, und der Stolz, der allbegeisternde Glaube, von Diotima geliebt zu sein.

Dann sucht ich die höchsten Berge mir auf und ihre Lüfte, und wie ein Adler, dem der blutende Fittig geheilt ist, regte mein Geist sich im Freien, und dehnt', als wäre sie sein, über die sichtbare Welt sich aus; wunderbar! es war mir oft, als läuterten sich und schmelzten die Dinge der Erde, wie Gold, in meinem Feuer zusammen, und ein Göttliches würde aus ihnen und mir, so tobte in mir die Freude; und wie ich die Kinder aufhub und an mein schlagendes Herz sie drückte, wie ich die Pflanzen grüßte und die Bäume! Einen Zauber hätt ich mir wünschen mögen, die scheuen Hirsche und all die wilden Vögel des Walds, wie ein häuslich Völkchen, um meine freigebigen Hände zu versammeln, so selig töricht liebt ich alles!

Aber nicht lange, so war das alles, wie ein Licht, in mir erloschen, und stumm und traurig, wie ein Schatte, saß ich da und suchte das entschwundne Leben. Klagen mocht ich nicht und trösten mocht ich mich auch nicht. Die Hoffnung warf ich weg, wie ein Lahmer, dem die Krücke verleidet ist; des Weinens schämt ich mich; ich schämte mich des Daseins überhaupt. Aber endlich brach denn doch der Stolz in Tränen aus, und das Leiden, das ich gerne verleugnet hätte, wurde mir lieb, und ich legt es, wie ein Kind, mir an die Brust.

Nein, rief mein Herz, nein, meine Diotima! es schmerzt nicht. Bewahre du dir deinen Frieden und laß mich meinen Gang gehn. Laß dich in deiner Ruhe nicht stören, holder Stern! wenn unter dir es gärt und trüb ist.

O laß dir deine Rose nicht bleichen, selige Götterjugend! Laß in den Kümmernissen der Erde deine Schöne nicht altern. Das ist ja meine Freude, süßes Leben! daß du in dir den sorgenfreien Himmel trägst. Du sollst nicht dürftig werden, nein, nein! du sollst in dir die Armut der Liebe nicht sehn.

Und wenn ich dann wieder zu ihr hinabging – ich hätte das Lüftchen fragen mögen und dem Zuge der Wolken es ansehn, wie es mit mir sein werde in einer Stunde! und wie es mich freute, wenn irgend ein freundlich Gesicht mir auf dem Wege begegnete, und nur nicht gar zu trocken sein „schönen Tag!" mir zurief!

Wenn ein kleines Mädchen aus dem Walde kam und einen Erdbeerstrauß mir zum Verkaufe reichte, mit einer Miene, als wollte sie ihn schenken, oder wenn ein Bauer, wo ich vorüberging, auf seinem Kirschbaum saß und pflückte, und aus den Zweigen herab mir rief, ob ich nicht eine Handvoll kosten möchte; das waren gute Zeichen für das abergläubische Herz!

Stand vollends gegen den Weg her, wo ich herabkam, von Diotimas Fenstern eines offen, wie konnte das so wohltun!

Sie hatte vielleicht nicht lange zuvor herausgesehn.

Und nun stand ich vor ihr, atemlos und wankend, und drückte die verschlungnen Arme gegen mein Herz, sein Zittern nicht zu fühlen, und, wie der Schwimmer aus reißenden Wassern hervor, rang und strebte mein Geist, nicht unterzugehn in der unendlichen Liebe.

Wovon sprechen wir doch geschwind? konnt ich rufen, man hat oft seine Mühe, man kann den Stoff nicht finden, die Gedanken daran festzuhalten.

Reißen sie wieder aus in die Luft? erwiderte meine Diotima. Du mußt ihnen Blei an die Flügel binden, oder ich will sie an einen Faden knüpfen, wie der Knabe den fliegenden Drachen, daß sie uns nicht entgehn.

Das liebe Mädchen suchte sich und mir durch einen Scherz zu helfen, aber es war wenig damit getan.

Ja, ja! rief ich, wie du willst, wie du es für gut hältst – soll ich vorlesen? Deine Laute ist wohl noch gestimmt von gestern – vorzulesen hab ich auch gerade nichts –

Du hast schon mehr, als einmal, sagte sie, versprochen, mir zu erzählen, wie du gelebt hast, ehe wir uns kannten, möchtest du jetzt nicht?

Das ist wahr, erwidert ich; mein Herz warf sich gerne auf das, und ich erzählt ihr nun, wie dir, von Adamas und meinen einsamen Tagen in Smyrna, von Alabanda und wie ich getrennt wurde von ihm, und von der unbegreiflichen Krankheit meines Wesens, eh ich nach Kalaurea herüberkam – nun weißt du alles, sagt ich zu ihr gelassen, da ich zu Ende war, nun wirst du weniger dich an mir stoßen; nun wirst du sagen, setzt ich lächelnd hinzu, spottet dieses Vulkans nicht, wenn er hinkt, denn ihn haben zweimal die Götter vom Himmel auf die Erde geworfen.

Stille, rief sie mit erstickter Stimme, und verbarg ihre Tränen ins Tuch, o stille, und scherze über dein Schicksal, über dein Herz nicht! denn ich versteh es und besser, als du.

Lieber – lieber Hyperion! Dir ist wohl schwer zu helfen.

Weißt du denn, fuhr sie mit erhöhter Stimme fort, weißt du denn, woran du darbest, was dir einzig fehlt, was du, wie Alpheus seine Arethusa, suchst, um was du trauertest in aller deiner Trauer? Es ist nicht erst seit Jahren hingeschieden, man kann so genau nicht sagen, wenn es da war, wenn es wegging, aber es war, es ist, in dir ists! Es ist eine bessere Zeit, die suchst du, eine schönere Welt. Nur diese Welt umarmtest du in deinen Freunden, du warst mit ihnen diese Welt.

In Adamas war sie dir aufgegangen; sie war auch hingegangen mit ihm. In Alabanda erschien dir ihr Licht zum zweiten Male, aber brennender und heißer, und darum war es auch, wie Mitternacht, vor deiner Seele, da er für dich dahin war.

Siehest du nun auch, warum der kleinste Zweifel über Alabanda zur Verzweiflung werden mußt in dir? warum du ihn verstießest, weil er nur nicht gar ein Gott war?

Du wolltest keine Menschen, glaube mir, du wolltest eine Welt. Den Verlust von allen goldenen Jahrhunderten, so wie du sie, zusammengedrängt in Einem glücklichen Moment, empfandest, den Geist von allen Geistern beßrer Zeit, die Kraft von allen Kräften der Heroen, die sollte dir ein Einzelner, ein Mensch ersetzen! – Siehest du nun, wie arm, wie reich du bist? warum du so stolz sein mußt und auch so niedergeschlagen? warum so schröcklich Freude und Leid dir wechselt?

Darum, weil du alles hast und nichts, weil das Phantom der goldenen Tage, die da kommen sollen, dein gehört, und doch nicht da ist, weil du ein Bürger bist in den Regionen der Gerechtigkeit und Schönheit, ein Gott bist unter Göttern in den schönen Träumen, die am Tage dich beschleichen, und wenn du aufwachst, auf neugriechischem Boden stehst.

Zweimal, sagtest du? o du wirst in Einem Tage siebzigmal vom Himmel auf die Erde geworfen. Soll ich dir es sagen? Ich fürchte für dich, du hältst das Schicksal dieser Zeiten schwerlich aus. Du wirst noch mancherlei versuchen, wirst –

O Gott! und deine letzte Zufluchtsstätte wird ein Grab sein.

Nein, Diotima, rief ich, nein, beim Himmel, nein! So lange noch Eine Melodie mir tönt, so scheu ich nicht die Totenstille der Wildnis unter den Sternen; so lange die Sonne nur scheint und Diotima, so gibt es keine Nacht für mich.

Laß allen Tugenden die Sterbeglocke läuten! ich höre ja dich, dich, deines Herzens Lied, du Liebe! und finde unsterblich Leben, indessen alles verlischt und welkt.

O Hyperion, rief sie, wie sprichst du?

„Ich spreche, wie ich muß. Ich kann nicht, kann nicht länger all die Seligkeit und Furcht und Sorge bergen – Diotima! – Ja du weißt es, mußt es wissen, hast längst es gesehen, daß ich untergehe, wenn du nicht die Hand mir reichst."

Sie war betroffen, verwirrt.

Und an mir, rief sie, an mir will sich Hyperion halten? ja, ich wünsch es, jetzt zum ersten Male wünsch ich, mehr zu sein, denn nur ein sterblich Mädchen. Aber ich bin dir, was ich sein kann.

O so bist du ja mir Alles, rief ich!

„Alles? böser Heuchler! und die Menschheit, die du doch am Ende einzig liebst?"

Die Menschheit? sagt ich; ich wollte, die Menschheit machte Diotima zum Losungswort und malt' in ihre Paniere dein Bild, und spräche: heute soll das Göttliche siegen! Engel des Himmels! das müßt ein Tag sein!

Geh, rief sie, geh, und zeige dem Himmel deine Verklärung! mir darf sie nicht so nahe sein.

Nicht wahr, du gehest, lieber Hyperion?

Ich gehorchte. Wer hätte da nicht gehorcht? Ich ging. So war ich noch niemals von ihr gegangen. O Bellarmin! das war Freude, Stille des Lebens, Götterruhe, himmlische, wunderbare, unerkennbare Freude.

Worte sind hier umsonst, und wer nach einem Gleichnis von ihr fragt, der hat sie nie erfahren. Das Einzige, was eine solche Freude auszudrücken vermochte, war Diotimas Gesang, wenn er, in goldner Mitte, zwischen Höhe und Tiefe schwebte.

O ihr Uferweiden des Lethe! ihr abendrötlichen Pfade in Elysiums Wäldern! ihr Lilien an den Bächen des Tals! ihr Rosenkränze des Hügels! Ich glaub an euch, in dieser freundlichen Stunde, und spreche zu meinem Herzen: dort findest du sie wieder, und alle Freude, die du verlorst.

Hyperion an Bellarmin

Ich will dir immer mehr von meiner Seligkeit erzählen.

Ich will die Brust an den Freuden der Vergangenheit versuchen, bis sie, wie Stahl, wird, ich will mich üben an ihnen, bis ich unüberwindlich bin.

Ha! fallen sie doch, wie ein Schwertschlag, oft mir auf die Seele, aber ich spiele mit dem Schwerte, bis ich es gewohnt bin, ich halte die Hand ins Feuer, bis ich es ertrage, wie Wasser.

Ich will nicht zagen; ja! ich will stark sein! ich will mir nichts verhehlen, will von allen Seligkeiten mir die seligste aus dem Grabe beschwören.

Es ist unglaublich, daß der Mensch sich vor dem Schönsten fürchten soll; aber es ist so.

O bin ich doch hundertmal vor diesen Augenblicken, dieser tötenden Wonne meiner Erinnerungen geflohen und habe mein Auge hinweggewandt, wie ein Kind vor Blitzen! und dennoch wächst im üppigen Garten der Welt nichts Lieblichers, wie meine Freuden, dennoch gedeiht im Himmel und auf Erden nichts Edleres, wie meine Freuden.

Aber nur dir, mein Bellarmin, nur einer reinen freien Seele, wie die deine ist, erzähl ichs. So freigebig, wie die Sonne mit ihren Strahlen, will ich nicht sein; meine Perlen will ich vor die alberne Menge nicht werfen.

Ich kannte, seit dem letzten Seelengespräche, mit jedem Tage mich weniger. Ich fühlt, es war ein heilig Geheimnis zwischen mir und Diotima.

Ich staunte, träumte. Als wär um Mitternacht ein seliger Geist mir erschienen und hätte mich erkoren, mit ihm umzugehn, so war es mir in der Seele.

O es ist ein seltsames Gemische von Seligkeit und Schwermut, wenn es so sich offenbart, daß wir auf immer heraus sind aus dem gewöhnlichen Dasein.

Es war mir seitdem nimmer gelungen, Diotima allein zu sehn. Immer mußt ein Dritter uns stören, trennen, und die Welt lag zwischen ihr und mir, wie eine unendliche Leere. Sechs todesbange Tage gingen so vorüber, ohne daß ich etwas wußte von Diotima. Es war, als lähmten die andern, die um uns waren, mir die Sinne, als töteten sie mein ganzes äußeres Leben, damit auf keinem Wege die verschlossene Seele sich hinüber helfen möchte zu ihr.

Wollt ich mit dem Auge sie suchen, so wurd es Nacht vor mir, wollt ich mich mit einem Wörtchen an sie wenden, so erstickt' es in der Kehle.

Ach! mir wollte das heilige namenlose Verlangen oft die Brust zerreißen, und die mächtige Liebe zürnt' oft, wie ein gefangener Titan, in mir. So tief, so innigst unversöhnlich hatte mein Geist noch nie sich gegen die Ketten gesträubt, die das Schicksal ihm schmiedet, gegen das eiserne unerbittliche Gesetz, geschieden zu sein, nicht Eine Seele zu sein mit seiner liebenswürdigen Hälfte.

Die sternenhelle Nacht war nun mein Element geworden. Dann, wann es stille war, wie in den Tiefen der Erde, wo geheimnisvoll das Gold wächst, dann hob das schönere Leben meiner Liebe sich an.

Da übte das Herz sein Recht, zu dichten, aus. Da sagt' es mir, wie Hyperions Geist im Vorelysium mit seiner holden Diotima gespielt, eh er herabgekommen zur Erde, in göttlicher Kindheit bei dem Wohlgetöne des Quells, und unter

Zweigen, wie wir die Zweige der Erde sehn, wenn sie verschönert aus dem güldenen Strome blinken.

Und, wie die Vergangenheit, öffnete sich die Pforte der Zukunft in mir.

Da flogen wir, Diotima und ich, da wanderten wir, wie Schwalben, von einem Frühling der Welt zum andern, durch der Sonne weites Gebiet und drüber hinaus, zu den andern Inseln des Himmels, an des Sirius goldne Küsten, in die Geistertale des Arcturs –

O es ist doch wohl wünschenswert, so aus Einem Kelche mit der Geliebten die Wonne der Welt zu trinken!

Berauscht vom seligen Wiegenliede, das ich mir sang, schlief ich ein, mitten unter den herrlichen Phantomen.

Wie aber am Strahle des Morgenlichts das Leben der Erde sich wieder entzündete, sah ich empor und suchte die Träume der Nacht. Sie waren, wie die schönen Sterne, verschwunden, und nur die Wonne der Wehmut zeugt' in meiner Seele von ihnen.

Ich trauerte; aber ich glaube, daß man unter den Seligen auch so trauert. Sie war die Botin der Freude, diese Trauer, sie war die grauende Dämmerung, woran die unzähligen Rosen des Morgenrots sprossen. –

Der glühende Sommertag hatte jetzt alles in die dunkeln Schatten gescheucht. Auch um Diotimas Haus war alles still und leer, und die neidischen Vorhänge standen mir an allen Fenstern im Wege.

Ich lebt in Gedanken an sie. Wo bist du, dacht ich, wo findet mein einsamer Geist dich, süßes Mädchen? Siehest du vor dich hin und sinnest? Hast du die Arbeit auf die Seite gelegt und stützest den Arm aufs Knie und auf das Händchen das Haupt und gibst den lieblichen Gedanken dich hin?

Daß ja nichts meine Friedliche störe, wenn sie mit süßen Phantasien ihr Herz erfrischt, daß ja nichts diese Traube betaste und den erquickenden Tau von den zarten Beeren ihr streife!

So träumt ich. Aber indes die Gedanken zwischen den Wänden des Hauses nach ihr spähten, suchten die Füße sie anderswo, und eh ich es gewahr ward, ging ich unter den Bogengängen des heiligen Walds, hinter Diotimas Garten, wo ich sie zum ersten Male hatte gesehn. Was war das? Ich war ja indessen so oft mit diesen Bäumen umgegangen, war vertrauter mit ihnen, ruhiger unter ihnen geworden; jetzt ergriff mich eine Gewalt, als trät ich in Dianens Schatten, um zu sterben vor der gegenwärtigen Gottheit.

Indessen ging ich weiter. Mit jedem Schritte wurd es wunderbarer in mir. Ich hätte fliegen mögen, so trieb mein Herz mich vorwärts; aber es war, als hätt ich Blei an den Sohlen. Die Seele war vorausgeeilt, und hatte die irdischen Glieder verlassen. Ich hörte nicht mehr und vor dem Auge dämmerten und schwankten alle Gestalten. Der Geist war schon bei Diotima; im Morgenlichte spielte der Gipfel des Baums, indes die untern Zweige noch die kalte Dämmerung fühlten.

Ach! mein Hyperion! rief jetzt mir eine Stimme entgegen; ich stürzt hinzu; „meine Diotima! o meine Diotima!" weiter hatt ich kein Wort und keinen Othem, kein Bewußtsein.

Schwinde, schwinde, sterbliches Leben, dürftig Geschäft, wo der einsame Geist die Pfennige, die er gesammelt, hin und her betrachtet und zählt! wir sind zur Freude der Gottheit alle berufen!

Es ist hier eine Lücke in meinem Dasein. Ich starb, und wie ich erwachte, lag ich am Herzen des himmlischen Mädchens.

O Leben der Liebe! wie warst du an ihr aufgegangen in voller holdseliger Blüte! wie in leichten Schlummer gesungen von seligen Genien, lag das reizende Köpfchen mir auf der Schulter, lächelte süßen Frieden, und schlug sein ätherisch Auge nach mir auf in fröhlichem unerfahrenem Staunen, als blickt' es eben jetzt zum ersten Male in die Welt.

Lange standen wir so in holder selbstvergessener Betrachtung, und keines wußte, wie ihm geschah, bis endlich der Freude zu viel in mir sich häufte und in Tränen und Lauten des Entzückens auch meine verlorne Sprache wieder begann, und meine stille Begeisterte vollends wieder ins Dasein weckte.

Endlich sahn wir uns auch wieder um.

O meine alten freundlichen Bäume! rief Diotima, als hätte sie sie in langer Zeit nicht gesehn, und das Andenken an ihre vorigen einsamen Tage spielt' um ihre Freuden, lieblich, wie die Schatten um den jungfräulichen Schnee, wenn er errötet und glüht im freudigen Abendglanze.

Engel des Himmels! rief ich, wer kann dich fassen? wer kann sagen, er habe ganz dich begriffen?

Wunderst du dich, erwiderte sie, daß ich so sehr dir gut bin? Lieber! stolzer Bescheidner! Bin ich denn auch von denen, die nicht glauben können an dich, hab ich denn nicht dich ergründet, hab ich den Genius nicht in seinen Wolken erkannt? Verhülle dich nur und siehe dich selbst nicht; ich will dich hervorbeschwören, ich will –

Aber er ist ja da, er ist hervorgegangen, wie ein Stern; er hat die Hülse durchbrochen und steht, wie ein Frühling, da; wie ein Kristallquell aus der düstern Grotte, ist er hervorgegangen; das ist der finstre Hyperion nicht, das ist die wilde Trauer nicht mehr – o mein, mein herrlicher Junge!

Das alles war mir, wie ein Traum. Konnt ich glauben an dies Wunder der Liebe? konnt ich? mich hätte die Freude getötet.

Göttliche! rief ich, sprichst du mit mir? kannst du so dich verleugnen, selige Selbstgenügsame! kannst du so dich freuen an mir? O ich seh es nun, ich weiß nun, was ich oft geahnet, der Mensch ist ein Gewand, das oft ein Gott sich umwirft, ein Kelch, in den der Himmel seinen Nektar gießt, um seinen Kindern vom Besten zu kosten zu geben. –

Ja, ja! fiel sie schwärmerisch lächelnd mir ein, dein Namensbruder, der herrliche Hyperion des Himmels ist in dir.

Laß mich, rief ich, laß mich dein sein, laß mich mein vergessen, laß alles Leben in mir und allen Geist nur dir zufliegen; nur dir, in seliger endeloser Betrachtung! O Diotima! so stand ich sonst auch vor dem dämmernden Götterbilde, das meine Liebe sich schuf, vor dem Idole meiner einsamen Träume; ich nährt es traulich; mit meinem Leben belebt ich es, mit den Hoffnungen meines Herzens erfrischt', erwärmt ich es, aber es gab mir nichts, als was ich gegeben, und wenn ich verarmt war, ließ es mich arm, und nun! nun hab ich im Arme dich, und fühle den Othem deiner Brust, und fühle dein Aug in meinem Auge, die schöne Gegenwart rinnt mir in alle Sinnen herein, und ich halt es aus, ich habe das Herrlichste so und bebe nicht mehr – ja! ich bin wirklich nicht, der ich sonst war, Diotima! ich bin deines gleichen geworden, und Göttliches spielt mit Göttlichem jetzt, wie Kinder unter sich spielen. –

Aber etwas stiller mußt du mir werden, sagte sie.

Du hast auch recht, du Liebenswürdige! rief ich freudig, sonst erscheinen mir ja die Grazien nicht; sonst seh ich ja im Meere der Schönheit seine leisen lieblichen Bewegungen nicht. O ich will es noch lernen, nichts an dir zu übersehen. Gib mir nur Zeit!

Schmeichler! rief sie, aber für heute sind wir zu Ende, lieber Schmeichler! die goldne Abendwolke hat mich gemahnt. O traure nicht! Erhalte dir und mir die reine Freude! Laß sie nachtönen in dir, bis morgen, und töte sie nicht durch Mißmut! – die Blumen des Herzens wollen freundliche Pflege. Ihre Wurzel ist überall, aber sie selbst gedeihn in heitrer Witterung nur. Leb wohl, Hyperion!

Sie machte sich los. Mein ganzes Wesen flammt' in mir auf, wie sie so vor mir hinwegschwand in ihrer glühenden Schönheit.

O du! – rief ich und stürzt ihr nach, und gab meine Seele in ihre Hand in unendlichen Küssen.

Gott! rief sie, wie wird das künftig werden!

Das traf mich. Verzeih, Himmlische! sagt ich; ich gehe. Gute Nacht, Diotima! denke noch mein ein wenig!

Das will ich, rief sie, gute Nacht!

Und nun kein Wort mehr, Bellarmin! Es wäre zuviel für mein geduldiges Herz. Ich bin erschüttert, wie ich fühle. Aber ich will hinausgehn unter die Pflanzen und Bäume, und unter sie hin mich legen und beten, daß die Natur zu solcher Ruhe mich bringe.

Hyperion an Bellarmin

Unsere Seelen lebten nun immer freier und schöner zusammen, und alles in und um uns vereinigte sich zu goldenem Frieden. Es schien, als wäre die alte Welt gestorben und eine neue begönne mit uns, so geistig und kräftig und liebend und leicht war alles geworden, und wir und alle Wesen schwebten, selig vereint, wie ein Chor von tausend unzertrennlichen Tönen, durch den unendlichen Aether.

Unsre Gespräche gleiteten weg, wie ein himmelblau Gewässer, woraus der Goldsand hin und wieder blinkt, und unsre Stille war, wie die Stille der Berggipfel, wo in herrlich einsamer Höhe, hoch über dem Raume der Gewitter, nur die göttliche Luft noch in den Locken des kühnen Wanderers rauscht.

Und die wunderbare heilige Trauer, wann die Stunde der Trennung in unsre Begeisterung tönte, wenn ich oft rief: nun sind wir wieder sterblich, Diotima!

und sie mir sagte: Sterblichkeit ist Schein, ist, wie die Farben, die vor unsrem Auge zittern, wenn es lange in die Sonne sieht!

Ach! und alle die holdseligen Spiele der Liebe! die Schmeichelreden, die Besorgnisse, die Empfindlichkeiten, die Strenge und Nachsicht.

Und die Allwissenheit, womit wir uns durchschauten, und der unendliche Glaube, womit wir uns verherrlichten!

Ja! eine Sonne ist der Mensch, allsehend, allverklärend, wenn er liebt, und liebt er nicht, so ist er eine dunkle Wohnung, wo ein rauchend Lämpchen brennt.

Ich sollte schweigen, sollte vergessen und schweigen.

Aber die reizende Flamme versucht mich, bis ich mich ganz in sie stürze, und, wie die Fliege, vergehe.

Mitten in all dem seligen unverhaltnen Geben und Nehmen fühlt ich einmal, daß Diotima stiller wurde und immer stiller.

Ich fragt und flehte; aber das schien nur mehr sie zu entfernen, endlich flehte sie, ich möchte nicht mehr fragen, möchte gehn, und wenn ich wiederkäme, von etwas anderm sprechen. Das gab auch mir ein schmerzliches Verstummen, worein ich selbst mich nicht zu finden wußte.

Mir war, als hätt ein unbegreiflich plötzlich Schicksal unsrer Liebe den Tod geschworen, und alles Leben war hin, außer mir und allem.

Ich schämte mich freilich des; ich wußte gewiß, das Ungefähr beherrsche Diotimas Herz nicht. Aber wunderbar blieb sie mir immer, und mein verwöhnter untröstlicher Sinn wollt immer offenbare gegenwärtige Liebe; verschloßne Schätze waren verlorne Schätze für ihn. Ach! ich hatt im Glücke die Hoffnung verlernt, ich war noch damals, wie die ungeduldigen Kinder, die um den Apfel am Baume weinen, als wär er gar nicht da, wenn er ihnen den Mund nicht küßt. Ich hatte keine Ruhe, ich flehte wieder, mit Ungestüm und Demut, zärtlich und zürnend, mit ihrer ganzen allmächtigen bescheidnen Beredsamkeit rüstete die Liebe mich aus und nun – o meine Diotima! nun hatt ich es, das reizende Bekenntnis, nun hab ich und halt es, bis auch mich, mit allem, was an mir ist, in die alte Heimat, in den Schoß der Natur die Woge der Liebe zurückbringt.

Die Unschuldige! noch kannte sie die mächtige Fülle ihres Herzens nicht, und lieblich erschrocken vor dem Reichtum in ihr, begrub sie ihn in die Tiefe der Brust – und wie sie nun bekannte, heilige Einfalt, wie sie mit Tränen bekannte, sie liebe zu sehr, und wie sie Abschied nahm von allem, was sie sonst am Herzen gewiegt, o wie sie rief: abtrünnig bin ich geworden von Mai und Sommer und Herbst, und achte des Tages und der Nacht nicht, wie sonst, gehöre dem Himmel und der Erde nicht mehr, gehöre nur Einem, Einem, aber die Blüte des Mais und die Flamme des Sommers und die Reife des Herbsts, die Klarheit des Tags und der Ernst der Nacht, und Erd und Himmel ist mir in diesem Einen vereint! so lieb ich! – und wie sie nun in voller Herzenslust mich betrachtete, wie sie, in kühner heiliger Freude, in ihre schönen Arme mich nahm und die Stirne mir küßte und den Mund, ha! wie das göttliche Haupt, sterbend in Wonne, mir am offnen Halse herabsank, und die süßen Lippen an der schlagenden Brust mir ruhten und der liebliche Othem an die Seele mir ging – o Bellarmin! die Sinne vergehn mir und der Geist entflieht.

Ich seh, ich sehe, wie das enden muß. Das Steuer ist in die Woge gefallen und das Schiff wird, wie an den Füßen ein Kind, ergriffen und an die Felsen geschleudert.

Hyperion an Bellarmin

Es gibt große Stunden im Leben. Wir schauen an ihnen hinauf, wie an den kolossalischen Gestalten der Zukunft und des Altertums, wir kämpfen einen herrlichen Kampf mit ihnen, und bestehn wir vor ihnen, so werden sie, wie Schwestern, und verlassen uns nicht.

Wir saßen einst zusammen auf unsrem Berge, auf einem Steine der alten Stadt dieser Insel und sprachen davon, wie hier der Löwe Demosthenes sein Ende gefunden, wie er hier mit heiligem selbsterwähltem Tode aus den macedonischen Ketten und Dolchen sich zur Freiheit geholfen – Der herrliche Geist ging scherzend aus der Welt, rief einer; warum nicht? sagt ich; er hatte nichts mehr hier zu suchen; Athen war Alexanders Dirne geworden, und die Welt, wie ein Hirsch, von dem großen Jäger zu Tode gehetzt.

O Athen! rief Diotima; ich habe manchmal getrauert, wenn ich dahinaussah, und aus der blauen Dämmerung mir das Phantom des Olympion aufstieg!

Wie weit ists hinüber? fragt ich.

Eine Tagreise vielleicht, erwiderte Diotima.

Eine Tagereise, rief ich, und ich war noch nicht drüben? Wir müssen gleich hinüber zusammen.

Recht so! rief Diotima; wir haben morgen heitere See, und alles steht jetzt noch in seiner Grüne und Reife.

Man braucht die ewige Sonne und das Leben der unsterblichen Erde zu solcher Wallfahrt.

Also morgen! sagt ich, und unsre Freunde stimmten mit ein.

Wir fuhren früh, unter dem Gesange des Hahns, aus der Reede. In frischer Klarheit glänzten wir und die Welt. Goldne stille Jugend war in unsern Herzen. Das Leben in uns war, wie das Leben einer neugebornen Insel des Ozeans, worauf der erste Frühling beginnt.

Schon lange war unter Diotimas Einfluß mehr Gleichgewicht in meine Seele gekommen; heute fühlt ich es dreifach rein, und die zerstreuten schwärmenden Kräfte waren all in Eine goldne Mitte versammelt.

Wir sprachen unter einander von der Trefflichkeit des alten Athenervolks, woher sie komme, worin sie bestehe.

Einer sagte, das Klima hat es gemacht; der andere: die Kunst und Philosophie; der dritte: Religion und Staatsform.

Athenische Kunst und Religion, und Philosophie und Staatsform, sagt ich, sind Blüten und Früchte des Baums, nicht Boden und Wurzel. Ihr nehmt die Wirkungen für die Ursache.

Wer aber mir sagt, das Klima habe dies alles gebildet, der denke, daß auch wir darin noch leben.

Ungestörter in jedem Betracht, von gewaltsamem Einfluß freier, als irgend ein Volk der Erde, erwuchs das Volk der Athener. Kein Eroberer schwächt sie, kein Kriegsglück berauscht sie, kein fremder Götterdienst betäubt sie, keine eilfertige Weisheit treibt sie zu unzeitiger Reife. Sich selber überlassen, wie der werdende Diamant, ist ihre Kindheit. Man hört beinahe nichts von ihnen, bis in die Zeiten des Pisistratus und Hipparch. Nur wenig Anteil nahmen sie am trojanischen Kriege, der, wie im Treibhaus, die meisten griechischen Völker zu früh erhitzt' und belebte. – Kein außerordentlich Schicksal erzeugt den Menschen. Groß und kolossalisch sind die Söhne einer solchen Mutter, aber schöne Wesen, oder, was dasselbe ist, Menschen werden sie nie, oder spät erst, wenn die Kontraste sich zu hart bekämpfen, um nicht endlich Frieden zu machen.

In üppiger Kraft eilt Lacedämon den Atheniensern voraus, und hätte sich eben deswegen auch früher zerstreut und aufgelöst, wäre Lycurg nicht gekommen, und hätte mit seiner Zucht die übermütige Natur zusammengehalten. Von nun an war denn auch an dem Spartaner alles erbildet, alle Vortrefflichkeit errungen und erkauft durch Fleiß und selbstbewußtes Streben, und soviel man in gewissem Sinne von der Einfalt der Spartaner sprechen kann, so war doch, wie natürlich, eigentliche Kindereinfalt ganz nicht unter ihnen. Die Lacedämonier durchbrachen zu frühe die Ordnung des Instinkts, sie schlugen zu früh aus der Art, und so mußte denn auch die Zucht zu früh mit ihnen beginnen; denn jede Zucht und Kunst beginnt zu früh, wo die Natur des Menschen noch nicht reif geworden ist. Vollendete Natur muß in dem Menschenkinde leben, eh es in die Schule geht, damit das Bild der Kindheit ihm die Rückkehr zeige aus der Schule zu vollendeter Natur.

Die Spartaner blieben ewig ein Fragment; denn wer nicht einmal ein vollkommenes Kind war, der wird schwerlich ein vollkommener Mann. –

Freilich hat auch Himmel und Erde für die Athener, wie für alle Griechen, das ihre getan, hat ihnen nicht Armut und nicht Überfluß gereicht. Die Strahlen des Himmels sind nicht, wie ein Feuerregen, auf sie gefallen. Die Erde verzärtelte, berauschte sie nicht mit Liebkosungen und übergütigen Gaben, wie sonst wohl hie und da die törige Mutter tut.

Hiezu kam die wundergroße Tat des Theseus, die freiwillige Beschränkung seiner eignen königlichen Gewalt.

O! solch ein Samenkorn in die Herzen des Volkes geworfen, muß einen Ozean von goldnen Ähren erzeugen, und sichtbar wirkt und wuchert es spät noch unter den Athenern.

Also noch einmal! daß die Athener so frei von gewaltsamem Einfluß aller Art, so recht bei mittelmäßiger Kost aufwuchsen, das hat sie so vortrefflich gemacht, und dies nur konnt es!

Laßt von der Wiege an den Menschen ungestört! treibt aus der engvereinten Knospe seines Wesens, treibt aus dem Hüttchen seiner Kindheit ihn nicht heraus! tut nicht zu wenig, daß er euch nicht entbehre und so von ihm euch unterscheide, tut nicht zu viel, daß er eure oder seine Gewalt nicht fühle, und so von ihm euch unterscheide, kurz, laßt den Menschen spät erst wissen, daß es Menschen, daß es irgend etwas außer ihm gibt, denn so nur wird er Mensch. Der

Mensch ist aber ein Gott, so bald er Mensch ist. Und ist er ein Gott, so ist er schön.

Sonderbar! rief einer von den Freunden.

Du hast noch nie so tief aus meiner Seele gesprochen, rief Diotima.

Ich hab es von dir, erwidert ich.

So war der Athener ein Mensch, fuhr ich fort, so mußt er es werden. Schön kam er aus den Händen der Natur, schön, an Leib und Seele, wie man zu sagen pflegt.

Das erste Kind der menschlichen, der göttlichen Schönheit ist die Kunst. In ihr verjüngt und wiederholt der göttliche Mensch sich selbst. Er will sich selber fühlen, darum stellt er seine Schönheit gegenüber sich. So gab der Mensch sich seine Götter. Denn im Anfang war der Mensch und seine Götter Eins, da, sich selber unbekannt, die ewige Schönheit war. – Ich spreche Mysterien, aber sie sind. –

Das erste Kind der göttlichen Schönheit ist die Kunst. So war es bei den Athenern.

Der Schönheit zweite Tochter ist Religion. Religion ist Liebe der Schönheit. Der Weise liebt sie selbst, die Unendliche, die Allumfassende; das Volk liebt ihre Kinder, die Götter, die in mannigfaltigen Gestalten ihm erscheinen. Auch so wars bei den Athenern. Und ohne solche Liebe der Schönheit, ohne solche Religion ist jeder Staat ein dürr Gerippe ohne Leben und Geist, und alles Denken und Tun ein Baum ohne Gipfel, eine Säule, wovon die Krone herabgeschlagen ist.

Daß aber wirklich dies der Fall war bei den Griechen und besonders den Athenern, daß ihre Kunst und ihre Religion die echten Kinder ewiger Schönheit – vollendeter Menschennatur – sind, und nur hervorgehn konnten aus vollendeter Menschennatur, das zeigt sich deutlich, wenn man nur die Gegenstände ihrer heiligen Kunst, und die Religion mit unbefangenem Auge sehn will, womit sie jene Gegenstände liebten und ehrten.

Mängel und Mißtritte gibt es überall und so auch hier. Aber das ist sicher, daß man in den Gegenständen ihrer Kunst doch meist den reifen Menschen findet. Da ist nicht das Kleinliche, nicht das Ungeheure der Aegyptier und Goten, da ist Menschensinn und Menschengestalt. Sie schweifen weniger als andre, zu den Extremen des Übersinnlichen und des Sinnlichen aus. In der schönen Mitte der Menschheit bleiben ihre Götter mehr, denn andre.

Und wie der Gegenstand, so auch die Liebe. Nicht zu knechtisch und nicht gar zu sehr vertraulich! –

Aus der Geistesschönheit der Athener folgte denn auch der nötige Sinn für Freiheit.

Der Aegyptier trägt ohne Schmerz die Despotie der Willkür, der Sohn des Nordens ohne Widerwillen die Gesetzesdespotie, die Ungerechtigkeit in Rechtsform; denn der Aegyptier hat von Mutterleib an einen Huldigungs- und Vergötterungstrieb; im Norden glaubt man an das reine freie Leben der Natur zu wenig, um nicht mit Aberglauben am Gesetzlichen zu hängen.

Der Athener kann die Willkür nicht ertragen, weil seine göttliche Natur nicht will gestört sein, er kann Gesetzlichkeit nicht überall ertragen, weil er ihrer nicht überall bedarf. Drako taugt für ihn nicht. Er will zart behandelt sein, und tut auch recht daran.

Gut! unterbrach mich einer, das begreif ich, aber, wie dies dichterische religiöse Volk nun auch ein philosophisch Volk sein soll, das seh ich nicht.

Sie wären sogar, sagt ich, ohne Dichtung nie ein philosophisch Volk gewesen!

Was hat die Philosophie, erwidert' er, was hat die kalte Erhabenheit dieser Wissenschaft mit Dichtung zu tun?

Die Dichtung, sagt ich, meiner Sache gewiß, ist der Anfang und das Ende dieser Wissenschaft. Wie Minerva aus Jupiters Haupt, entspringt sie aus der Dichtung eines unendlichen göttlichen Seins. Und so läuft am End auch wieder in ihr das Unvereinbare in der geheimnisvollen Quelle der Dichtung zusammen.

Das ist ein paradoxer Mensch, rief Diotima, jedoch ich ahn ihn. Aber ihr schweift mir aus. Von Athen ist die Rede.

Der Mensch, begann ich wieder, der nicht wenigstens im Leben Einmal volle lautre Schönheit in sich fühlte, wenn in ihm die Kräfte seines Wesens, wie die Farben am Irisbogen, in einander spielten, der nie erfuhr, wie nur in Stunden der Begeisterung alles innigst übereinstimmt, der Mensch wird nicht einmal ein philosophischer Zweifler werden, sein Geist ist nicht einmal zum Niederreißen gemacht, geschweige zum Aufbaun. Denn glaubt es mir, der Zweifler findet darum nur in allem, was gedacht wird, Widerspruch und Mangel, weil er die Harmonie der mangellosen Schönheit kennt, die nie gedacht wird. Das trockne Brot, das menschliche Vernunft wohlmeinend ihm reicht, verschmähet er nur darum, weil er ingeheim am Göttertische schwelgt.

Schwärmer! rief Diotima, darum warst auch du ein Zweifler. Aber die Athener!

Ich bin ganz nah an ihnen, sagt ich. Das große Wort, das εν διαφερον εαυτω (das Eine in sich selber unterschiedne) des Heraklit, das konnte nur ein Grieche finden, denn es ist das Wesen der Schönheit, und ehe das gefunden war, gabs keine Philosophie.

Nun konnte man bestimmen, das Ganze war da. Die Blume war gereift; man konnte nun zergliedern.

Der Moment der Schönheit war nun kund geworden unter den Menschen, war da im Leben und Geiste, das Unendlicheinige war.

Man konnt es aus einander setzen, zerteilen im Geiste, konnte das Geteilte neu zusammendenken, konnte so das Wesen des Höchsten und Besten mehr und mehr erkennen und das Erkannte zum Gesetze geben in des Geistes mannigfaltigen Gebieten.

Seht ihr nun, warum besonders die Athener auch ein philosophisch Volk sein mußten?

Das konnte der Aegyptier nicht. Wer mit dem Himmel und der Erde nicht in gleicher Lieb und Gegenliebe lebt, wer nicht in diesem Sinne einig lebt mit dem Elemente, worin er sich regt, ist von Natur auch in sich selbst so einig nicht, und erfährt die ewige Schönheit wenigstens so leicht nicht wie ein Grieche.

Wie ein prächtiger Despot, wirft seine Bewohner der orientalische Himmelsstrich mit seiner Macht und seinem Glanze zu Boden, und, ehe der Mensch noch gehen gelernt hat, muß er knieen, eh er sprechen gelernt hat, muß er beten; ehe sein Herz ein Gleichgewicht hat, muß es sich neigen, und ehe der Geist noch stark genug ist, Blumen und Früchte zu tragen, ziehet Schicksal und Natur mit brennender Hitze alle Kraft aus ihm. Der Aegyptier ist hingegeben, eh er ein Ganzes ist, und darum weiß er nichts vom Ganzen, nichts von Schönheit, und das Höchste, was er nennt, ist eine verschleierte Macht, ein schauerhaft Rätsel; die stumme finstre Isis ist sein Erstes und Letztes, eine leere Unendlichkeit und da heraus ist nie Vernünftiges gekommen. Auch aus dem erhabensten Nichts wird Nichts geboren.

Der Norden treibt hingegen seine Zöglinge zu früh in sich hinein, und wenn der Geist des feurigen Aegyptiers zu reiselustig in die Welt hinaus eilt, schickt im Norden sich der Geist zur Rückkehr in sich selbst an, ehe er nur reisefertig ist.

Man muß im Norden schon verständig sein, noch eh ein reif Gefühl in einem ist, man mißt sich Schuld von allem bei, noch ehe die Unbefangenheit ihr schönes Ende erreicht hat; man muß vernünftig, muß zum selbstbewußten Geiste werden, ehe man Mensch, zum klugen Manne, ehe man Kind ist; die Einigkeit des ganzen Menschen, die Schönheit läßt man nicht in ihm gedeihn und reifen, eh er sich bildet und entwickelt. Der bloße Verstand, die bloße Vernunft sind immer die Könige des Nordens.

Aber aus bloßem Verstand ist nie Verständiges, aus bloßer Vernunft ist nie Vernünftiges gekommen.

Verstand ist ohne Geistesschönheit, wie ein dienstbarer Geselle, der den Zaun aus grobem Holze zimmert, wie ihm vorgezeichnet ist, und die gezimmerten Pfähle aneinander nagelt, für den Garten, den der Meister bauen will. Des Verstandes ganzes Geschäft ist Notwerk. Vor dem Unsinn, vor dem Unrecht schützt er uns, indem er ordnet; aber sicher zu sein vor Unsinn und vor Unrecht ist doch nicht die höchste Stufe menschlicher Vortrefflichkeit.

Vernunft ist ohne Geistes-, ohne Herzensschönheit, wie ein Treiber, den der Herr des Hauses über die Knechte gesetzt hat; der weiß, so wenig, als die Knechte, was aus all der unendlichen Arbeit werden soll, und ruft nur: tummelt euch, und siehet es fast ungern, wenn es vor sich geht, denn am Ende hätt er ja nichts mehr zu treiben, und seine Rolle wäre gespielt.

Aus bloßem Verstande kömmt keine Philosophie, denn Philosophie ist mehr, denn nur die beschränkte Erkenntnis des Vorhandnen.

Aus bloßer Vernunft kömmt keine Philosophie, denn Philosophie ist mehr, denn blinde Forderung eines nie zu endigenden Fortschritts in Vereinigung und Unterscheidung eines möglichen Stoffs.

Leuchtet aber das göttliche εν διαφερον εαυτω, das Ideal der Schönheit der strebenden Vernunft, so fodert sie nicht blind, und weiß, warum, wozu sie fodert.

Scheint, wie der Maitag in des Künstlers Werkstatt, dem Verstande die Sonne des Schönen zu seinem Geschäfte, so schwärmt er zwar nicht hinaus und läßt sein Notwerk stehn, doch denkt er gerne des Festtags, wo er wandeln wird im verjüngenden Frühlingslichte.

So weit war ich, als wir landeten an der Küste von Attika. Das alte Athen lag jetzt zu sehr uns im Sinne, als daß wir hätten viel in der Ordnung sprechen mögen, und ich wunderte mich jetzt selber über die Art meiner Äußerungen. Wie bin ich doch, rief ich, auf die trocknen Berggipfel geraten, worauf ihr mich saht?

Es ist immer so, erwiderte Diotima, wenn uns recht wohl ist. Die üppige Kraft sucht eine Arbeit. Die jungen Lämmer stoßen sich die Stirnen an einander, wenn sie von der Mutter Milch gesättiget sind.

Wir gingen jetzt am Lykabettus hinauf, und blieben, trotz der Eile, zuweilen stehen, in Gedanken und wunderbaren Erwartungen.

Es ist schön, daß es dem Menschen so schwer wird, sich vom Tode dessen, was er liebt, zu überzeugen, und es ist wohl keiner noch zu seines Freundes Grabe gegangen, ohne die leise Hoffnung, da dem Freunde wirklich zu begegnen. Mich ergriff das schöne Phantom des alten Athens, wie einer Mutter Gestalt, die aus dem Totenreiche zurückkehrt.

O Parthenon! rief ich, Stolz der Welt! zu deinen Füßen liegt das Reich des Neptun, wie ein bezwungener Löwe, und wie Kinder, sind die andern Tempel um dich versammelt, und die beredte Agora und der Hain des Akademus –

Kannst du so dich in die alte Zeit versetzen, sagte Diotima.

Mahne mich nicht an die Zeit! erwidert ich; es war ein göttlich Leben und der Mensch war da der Mittelpunkt der Natur. Der Frühling, als er um Athen her blühte, war er, wie eine bescheidne Blume an der Jungfrau Busen; die Sonne ging schamrot auf über den Herrlichkeiten der Erde.

Die Marmorfelsen des Hymettus und Pentele sprangen hervor aus ihrer schlummernden Wiege, wie Kinder aus der Mutter Schoß, und gewannen Form und Leben unter den zärtlichen Athener-Händen.

Honig reichte die Natur und die schönsten Veilchen und Myrten und Oliven.

Die Natur war Priesterin und der Mensch ihr Gott, und alles Leben in ihr und jede Gestalt und jeder Ton von ihr nur Ein begeistertes Echo des Herrlichen, dem sie gehörte.

Ihn feiert', ihm nur opferte sie.

Er war es auch wert, er mochte liebend in der heiligen Werkstatt sitzen und dem Götterbilde, das er gemacht, die Kniee umfassen, oder auf dem Vorgebirge, auf Suniums grüner Spitze, unter den horchenden Schülern gelagert, sich die Zeit verkürzen mit hohen Gedanken, oder er mocht im Stadium laufen, oder vom

Rednerstuhle, wie der Gewittergott, Regen und Sonnenschein und Blitze senden und goldene Wolken –

O siehe! rief jetzt Diotima mir plötzlich zu.

Ich sah, und hätte vergehen mögen vor dem allmächtigen Anblick.

Wie ein unermeßlicher Schiffbruch, wenn die Orkane verstummt sind und die Schiffer entflohn, und der Leichnam der zerschmetterten Flotte unkenntlich auf der Sandbank liegt, so lag vor uns Athen, und die verwaisten Säulen standen vor uns, wie die nackten Stämme eines Walds, der am Abend noch grünte, und des Nachts darauf im Feuer aufging.

Hier, sagte Diotima, lernt man stille sein über sein eigen Schicksal, es seie gut oder böse.

Hier lernt man stille sein über Alles, fuhr ich fort. Hätten die Schnitter, die dies Kornfeld gemäht, ihre Scheunen mit seinen Halmen bereichert, so wäre nichts verloren gegangen, und ich wollte mich begnügen, hier als Ährenleser zu stehn; aber wer gewann denn?

Ganz Europa, erwidert' einer von den Freunden.

O, ja! rief ich, sie haben die Säulen und Statuen weggeschleift und an einander verkauft, haben die edlen Gestalten nicht wenig geschätzt, der Seltenheit wegen, wie man Papageien und Affen schätzt.

Sage das nicht! erwiderte derselbe; und mangelt' auch wirklich ihnen der Geist von all dem Schönen, so wär es, weil der nicht weggetragen werden konnte und nicht gekauft.

Ja wohl! rief ich. Dieser Geist war auch untergegangen noch ehe die Zerstörer über Attika kamen. Erst, wenn die Häuser und Tempel ausgestorben, wagen sich die wilden Tiere in die Tore und Gassen.

Wer jenen Geist hat, sagte Diotima tröstend, dem stehet Athen noch, wie ein blühender Fruchtbaum. Der Künstler ergänzt den Torso sich leicht.

Wir gingen des andern Tages früh aus, sahn die Ruinen des Parthenon, die Stelle des alten Bacchustheaters, den Theseustempel, die sechszehn Säulen, die noch übrig stehn vom göttlichen Olympion; am meisten aber ergriff mich das alte Tor, wodurch man ehmals aus der alten Stadt zur neuen herauskam, wo gewiß einst tausend schöne Menschen an Einem Tage sich grüßten. Jetzt kömmt man weder in die alte noch in die neue Stadt durch dieses Tor, und stumm und öde stehet es da, wie ein vertrockneter Brunnen, aus dessen Röhren einst mit freundlichem Geplätscher das klare frische Wasser sprang.

Ach! sagt ich, indes wir so herumgingen, es ist wohl ein prächtig Spiel des Schicksals, daß es hier die Tempel niederstürzt und ihre zertrümmerten Steine den Kindern herumzuwerfen gibt, daß es die zerstümmelten Götter zu Bänken vor der Bauernhütte und die Grabmäler hier zur Ruhestätte des weidenden Stiers macht, und eine solche Verschwendung ist königlicher, als der Mutwille der Kleopatra, da sie die geschmolzenen Perlen trank; aber es ist doch schade um all die Größe und Schönheit!

Guter Hyperion! rief Diotima, es ist Zeit, daß du weggehst; du bist blaß und dein Auge ist müde, und du suchst dir umsonst mit Einfällen zu helfen. Komm hinaus! ins Grüne! unter die Farben des Lebens! das wird dir wohltun.

Wir gingen hinaus in die nahegelegenen Gärten.

Die andern waren auf dem Wege mit zwei britischen Gelehrten, die unter den Altertümern in Athen ihre Ernte hielten, ins Gespräch geraten und nicht von der Stelle zu bringen. Ich ließ sie gerne.

Mein ganzes Wesen richtete sich auf, da ich einmal wieder mit Diotima allein mich sah; sie hatte einen herrlichen Kampf bestanden mit dem heiligen Chaos von Athen. Wie das Saitenspiel der himmlischen Muse über den uneinigen Elementen, herrschten Diotimas stille Gedanken über den Trümmern. Wie der Mond aus zartem Gewölke, hob sich ihr Geist aus schönem Leiden empor; das himmlische Mädchen stand in seiner Wehmut da, wie die Blume, die in der Nacht am lieblichsten duftet.

Wir gingen weiter und weiter, und waren am Ende nicht umsonst gegangen.

O ihr Haine von Angele, wo der Ölbaum und die Zypresse, umeinander flüsternd, mit freundlichen Schatten sich kühlen, wo die goldne Frucht des Zitronenbaums aus dunklem Laube blinkt, wo die schwellende Traube mutwillig über den Zaun wächst, und die reife Pomeranze, wie ein lächelnder Fündling, im Wege liegt! ihr duftenden heimlichen Pfade! ihr friedlichen Sitze, wo das Bild des Myrtenstrauchs aus der Quelle lächelt! euch werd ich nimmer vergessen.

Diotima und ich gingen eine Weile unter den herrlichen Bäumen umher, bis eine große heitere Stelle sich uns darbot. Hier setzten wir uns. Es war eine selige Stille unter uns. Mein Geist umschwebte die göttliche Gestalt des Mädchens, wie eine Blume der Schmetterling, und all mein Wesen erleichterte, vereinte sich in der Freude der begeisternden Betrachtung.

Bist du schon wieder getröstet, Leichtsinniger? sagte Diotima.

Ja! ja! ich bins, erwidert ich. Was ich verloren wähnte, hab ich, wonach ich schmachtete, als wär es aus der Welt verschwunden, das ist vor mir. Nein, Diotima! noch ist die Quelle der ewigen Schönheit nicht versiegt.

Ich habe dirs schon einmal gesagt, ich brauche die Götter und die Menschen nicht mehr. Ich weiß, der Himmel ist ausgestorben, entvölkert, und die Erde, die einst überfloß von schönem menschlichen Leben, ist fast, wie ein Ameisenhaufe, geworden. Aber noch gibt es eine Stelle, wo der alte Himmel und die alte Erde mir lacht. Denn alle Götter des Himmels und alle göttlichen Menschen der Erde vergeß ich in dir.

Was kümmert mich der Schiffbruch der Welt, ich weiß von nichts, als meiner seligen Insel.

Es gibt eine Zeit der Liebe, sagte Diotima mit freundlichem Ernste, wie es eine Zeit gibt, in der glücklichen Wiege zu leben. Aber das Leben selber treibt uns heraus.

Hyperion! – hier ergriff sie meine Hand mit Feuer, und ihre Stimme erhub mit Größe sich – Hyperion! mich deucht, du bist zu höhern Dingen geboren. Verkenne dich nicht! der Mangel am Stoffe hielt dich zurück. Es ging nicht schnell genug. Das schlug dich nieder. Wie die jungen Fechter, fielst du zu rasch aus, ehe noch dein Ziel gewiß und deine Faust gewandt war, und weil du, wie natürlich, mehr getroffen wurdest, als du trafst, so wurdest du scheu und zweifeltest an dir und allem; denn du bist so empfindlich, als du heftig bist. Aber dadurch ist nichts verloren. Wäre dein Gemüt und deine Tätigkeit so frühe reif geworden, so wäre dein Geist nicht, was er ist; du wärst der denkende Mensch nicht, wärst du nicht der leidende, der gärende Mensch gewesen. Glaube mir, du hättest nie das Gleichgewicht der schönen Menschheit so rein erkannt, hättest du es nicht so sehr verloren gehabt. Dein Herz hat endlich Frieden gefunden. Ich will es glauben. Ich versteh es. Aber denkst du wirklich, daß du nun am Ende seist? Willst du dich verschließen in den Himmel deiner Liebe, und die Welt, die deiner bedürfte, verdorren und erkalten lassen unter dir? Du mußt, wie der Lichtstrahl, herab, wie der allerfrischende Regen, mußt du nieder ins Land der Sterblichkeit, du mußt erleuchten, wie Apoll, erschüttern, beleben, wie Jupiter, sonst bist du deines Himmels nicht wert. Ich bitte dich, geh nach Athen hinein, noch Einmal, und siehe die Menschen auch an, die dort herumgehn unter den Trümmern, die rohen Albaner und die andern guten kindischen Griechen, die mit einem lustigen Tanze und einem heiligen Märchen sich trösten über die schmähliche Gewalt, die über ihnen lastet – kannst du sagen, ich schäme mich dieses Stoffs? Ich meine, er wäre doch noch bildsam. Kannst du dein Herz abwenden von den Bedürftigen? Sie sind nicht schlimm, sie haben dir nichts zuleide getan!

Was kann ich für sie tun, rief ich.

Gib ihnen, was du in dir hast, erwiderte Diotima, gib –

Kein Wort, kein Wort mehr, große Seele! rief ich, du beugst mich sonst, es ist ja sonst, als hättest du mit Gewalt mich dazu gebracht –

Sie werden nicht glücklicher sein, aber edler, nein! sie werden auch glücklicher sein. Sie müssen heraus, sie müssen hervorgehn, wie die jungen Berge aus der Meersflut, wenn ihr unterirdisches Feuer sie treibt.

Zwar steh ich allein und trete ruhmlos unter sie. Doch Einer, der ein Mensch ist, kann er nicht mehr, denn Hunderte, die nur Teile sind des Menschen?

Heilige Natur! du bist dieselbe in und außer mir. Es muß so schwer nicht sein, was außer mir ist, zu vereinen mit dem Göttlichen in mir. Gelingt der Biene doch ihr kleines Reich, warum sollte denn ich nicht pflanzen können und baun, was not ist?

Was? der arabische Kaufmann säete seinen Koran aus, und es wuchs ein Volk von Schülern, wie ein unendlicher Wald, ihm auf, und der Acker sollte nicht auch gedeihn, wo die alte Wahrheit wiederkehrt in neu lebendiger Jugend?

Es werde von Grund aus anders! Aus der Wurzel der Menschheit sprosse die neue Welt! Eine neue Gottheit walte über ihnen, eine neue Zukunft kläre vor ihnen sich auf.

In der Werkstatt, in den Häusern, in den Versammlungen, in den Tempeln, überall werd es anders!

Aber ich muß noch ausgehn, zu lernen. Ich bin ein Künstler, aber ich bin nicht geschickt. Ich bilde im Geiste, aber ich weiß noch die Hand nicht zu führen –

Du gehest nach Italien, sagte Diotima, nach Deutschland, Frankreich – wieviel Jahre brauchst du? drei – vier – ich denke drei sind genug; du bist ja keiner von den Langsamen, und suchst das Größte und das Schönste nur –

„Und dann?“

Du wirst Erzieher unsers Volks, du wirst ein großer Mensch sein, hoff ich. Und wenn ich dann dich so umfasse, da werd ich träumen, als wär ich ein Teil des herrlichen Manns, da werd ich frohlocken, als hättst du mir die Hälfte deiner Unsterblichkeit, wie Pollux dem Kastor, geschenkt, o! ich werd ein stolzes Mädchen werden, Hyperion!

Ich schwieg eine Weile. Ich war voll unaussprechlicher Freude.

Gibts denn Zufriedenheit zwischen dem Entschluß und der Tat, begann ich endlich wieder, gibts eine Ruhe vor dem Siege?

Es ist die Ruhe des Helden, sagte Diotima, es gibt Entschlüsse, die, wie Götterworte, Gebot und Erfüllung zugleich sind, und so ist der deine. –

Wir gingen zurück, wie nach der ersten Umarmung. Es war uns alles fremd und neu geworden.

Ich stand nun über den Trümmern von Athen, wie der Ackersmann auf dem Brachfeld. Liege nur ruhig, dacht ich, da wir wieder zu Schiffe gingen, liege nur ruhig, schlummerndes Land! Bald grünt das junge Leben aus dir, und wächst den Segnungen des Himmels entgegen. Bald regnen die Wolken nimmer umsonst, bald findet die Sonne die alten Zöglinge wieder.

Du frägst nach Menschen, Natur? Du klagst, wie ein Saitenspiel, worauf des Zufalls Bruder, der Wind, nur spielt, weil der Künstler, der es ordnete, gestorben ist? Sie werden kommen, deine Menschen, Natur! Ein verjüngtes Volk wird dich auch wieder verjüngen, und du wirst werden, wie seine Braut und der alte Bund der Geister wird sich erneuen mit dir.

Es wird nur Eine Schönheit sein; und Menschheit und Natur wird sich vereinen in Eine allumfassende Gottheit.

II. Band

μη φυναι, τον απαντα νικα λογον. το δ'επει φανη
βηναι κειθεν, οθεν περ ηκει, πολυ δευτερον ως ταχιστα.

Sophokles

Erstes Buch

Hyperion an Bellarmin

Wir lebten in den letzten schönen Momenten des Jahrs, nach unserer Rückkunft aus dem Attischen Lande.

Ein Bruder des Frühlings war uns der Herbst, voll milden Feuers, eine Festzeit für die Erinnerung an Leiden und vergangne Freuden der Liebe. Die welkenden Blätter trugen die Farbe des Abendrots, nur die Fichte und der Lorbeer stand in ewigem Grün. In den heitern Lüften zögerten wandernde Vögel, andere schwärmten im Weinberg, und im Garten und ernteten fröhlich, was die Menschen übrig gelassen. Und das himmlische Licht rann lauter vom offenen Himmel, durch alle Zweige lächelte die heilige Sonne, die gütige, die ich niemals nenne ohne Freude und Dank, die oft in tiefem Leide mit einem Blicke mich geheilt, und von dem Unmut und den Sorgen meine Seele gereinigt.

Wir besuchten noch all unsere liebsten Pfade, Diotima und ich, entschwundne selige Stunden begegneten uns überall.

Wir erinnerten uns des vergangenen Mais, wir hätten die Erde noch nie so gesehen, wie damals, meinten wir, sie wäre verwandelt gewesen, eine silberne Wolke von Blüten, eine freudige Lebensflamme, entledigt alles gröberen Stoffs.

Ach! es war alles so voll Lust und Hoffnung, rief Diotima, so voll unaufhörlichen Wachstums und doch auch so mühelos, so seligruhig, wie ein Kind, das vor sich hin spielt, und nicht weiter denkt.

Daran, rief ich, erkenn ich sie, die Seele der Natur, an diesem stillen Feuer, an diesem Zögern in ihrer mächtigen Eile.

Und es ist den Glücklichen so lieb, dies Zögern, rief Diotima; weißt du? wir standen einmal des Abends zusammen auf der Brücke, nach starkem Gewitter, und das rote Berggewässer schoß, wie ein Pfeil, unter uns weg, aber daneben grünt' in Ruhe der Wald, und die hellen Buchenblätter regten sich kaum. Da tat es uns so wohl, daß uns das seelenvolle Grün nicht auch so wegflog, wie der Bach, und der schöne Frühling uns so still hielt, wie ein zahmer Vogel, aber nun ist er dennoch über die Berge.

Wir lächelten über dem Worte, wiewohl das Trauern uns näher war.

So sollt auch unsre eigne Seligkeit dahingehn, und wir sahens voraus.

O Bellarmin! wer darf denn sagen, er stehe fest, wenn auch das Schöne seinem Schicksal so entgegenreift, wenn auch das Göttliche sich demütigen muß, und die Sterblichkeit mit allem Sterblichen teilen!

Hyperion an Bellarmin

Ich hatte mit dem holden Mädchen noch vor ihrem Hause gezögert, bis das Licht der Nacht in die ruhige Dämmerung schien, nun kam ich in Notaras Wohnung zurück, gedankenvoll, voll überwallenden heroischen Lebens, wie immer, wenn ich aus ihren Umarmungen ging. Es war ein Brief von Alabanda gekommen.

Es regt sich, Hyperion, schrieb er mir, Rußland hat der Pforte den Krieg erklärt; man kommt mit einer Flotte in den Archipelagus; die Griechen sollen frei sein, wenn sie mit aufstehn, den Sultan an den Euphrat zu treiben. Die Griechen werden das Ihre tun, die Griechen werden frei sein und mir ist herzlich wohl, daß es einmal wieder etwas zu tun gibt. Ich mochte den Tag nicht sehn, so lang es noch so weit nicht war.

Bist du noch der Alte, so komm! Du findst mich in dem Dorfe vor Koron, wenn du den Weg von Misistra kömmst. Ich wohne am Hügel, in dem weißen Landhause am Walde.

Die Menschen, die du in Smyrna bei mir kennen lerntest, hab ich verlassen. Du hattest recht mit deinem feinern Sinne, daß du in ihre Sphäre nicht tratest.

Mich verlangt, uns Beede in dem neuen Leben wiederzusehn. Dir war bis itzt die Welt zu schlecht, um ihr dich zu erkennen zu geben. Weil du nicht Knechtsdienste tun mochtest, tatest du nichts, und das Nichtstun machte dich grämlich und träumerisch.

Du mochtest im Sumpfe nicht schwimmen. Komm nun, komm, und laß uns baden in offener See!

Das soll uns wohl tun, einzig Geliebter!

So schrieb er. Ich war betroffen im ersten Moment. Mir brannte das Gesicht vor Scham, mir kochte das Herz, wie heiße Quellen, und ich konnt auf keiner Stelle bleiben, so schmerzt' es mich, überflogen zu sein von Alabanda, überwunden auf immer. Doch nahm ich nun auch um so begieriger die künftige Arbeit ans Herz. –

Ich bin zu müßig geworden, rief ich, zu friedenslustig, zu himmlisch, zu träg! – Alabanda sieht in die Welt, wie ein edler Pilot, Alabanda ist fleißig und sucht in der Woge nach Beute; und dir schlafen die Hände im Schoß? und mit Worten möchtest du ausreichen, und mit Zauberformeln beschwörst du die Welt? Aber deine Worte sind, wie Schneeflocken, unnütz, und machen die Luft nur trüber und deine Zaubersprüche sind für die Frommen, aber die Unglaubigen hören dich nicht. – Ja! sanft zu sein, zu rechter Zeit, das ist wohl schön, doch sanft zu sein, zur Unzeit, das ist häßlich, denn es ist feig! – Aber Harmodius! deiner Myrte will ich gleichen, deiner Myrte, worin das Schwert sich verbarg. Ich will umsonst nicht müßig gegangen sein, und mein Schlaf soll werden, wie Öl, wenn die Flamme darein kömmt. Ich will nicht zusehn, wo es gilt, will nicht umhergehn und die Neuigkeit erfragen, wann Alabanda den Lorbeer nimmt.

Hyperion an Bellarmin

Diotimas Erblassen, da sie Alabandas Brief las, ging mir durch die Seele. Drauf fing sie an, gelassen und ernst, den Schritt mir abzuraten und wir sprachen manches hin und wider. O ihr Gewaltsamen! rief sie endlich, die ihr so schnell zum Äußersten seid, denkt an die Nemesis!

Wer Äußerstes leidet, sagt ich, dem ist das Äußerste recht.

Wenns auch recht ist, sagte sie, du bist dazu nicht geboren.

So scheint es, sagt ich; ich hab auch lange genug gesäumt. O ich möchte einen Atlas auf mich laden, um die Schulden meiner Jugend abzutragen. Hab ich ein Bewußtsein? hab ich ein Bleiben in mir? O laß mich, Diotima! Hier, gerad in solcher Arbeit muß ich es erbeuten.

Das ist eitel Übermut! rief Diotima; neulich warst du bescheidner, neulich, da du sagtest, ich muß noch ausgehn, zu lernen.

Liebe Sophistin! rief ich, damals war ja auch von ganz was anderem die Rede. In den Olymp des Göttlichschönen, wo aus ewigjungen Quellen das Wahre mit allem Guten entspringt, dahin mein Volk zu führen, bin ich noch jetzt nicht geschickt. Aber ein Schwert zu brauchen, hab ich gelernt und mehr bedarf es für jetzt nicht. Der neue Geisterbund kann in der Luft nicht leben, die heilige Theokratie des Schönen muß in einem Freistaat wohnen, und der will Platz auf Erden haben und diesen Platz erobern wir gewiß.

Du wirst erobern, rief Diotima, und vergessen, wofür? wirst, wenn es hoch kommt, einen Freistaat dir erzwingen und dann sagen, wofür hab ich gebaut? ach! es wird verzehrt sein, all das schöne Leben, das daselbst sich regen sollte, wird verbraucht sein selbst in dir! Der wilde Kampf wird dich zerreißen, schöne Seele, du wirst altern, seliger Geist! und lebensmüd am Ende fragen, wo seid ihr nun, ihr Ideale der Jugend?

Das ist grausam, Diotima, rief ich, so ins Herz zu greifen, so an meiner eignen Todesfurcht, an meiner höchsten Lebenslust mich festzuhalten, aber nein! nein! nein! der Knechtsdienst tötet, aber gerechter Krieg macht jede Seele lebendig. Das gibt dem Golde die Farbe der Sonne, daß man ins Feuer es wirft! Das, das gibt erst dem Menschen seine ganze Jugend, daß er Fesseln zerreißt! Das rettet ihn allein, daß er sich aufmacht und die Natter zertritt, das kriechende Jahrhundert, das alle schöne Natur im Keime vergiftet! – Altern sollt ich, Diotima! wenn ich Griechenland befreie? altern, ärmlich werden, ein gemeiner Mensch? O so war er wohl recht schal und leer und gottverlassen, der Athenerjüngling, da er als Siegesbote von Marathon über den Gipfel des Pentele kam und hinabsah in die Täler von Attika!

Lieber! Lieber! rief Diotima, sei doch still! ich sage dir kein Wort mehr. Du sollst gehn, sollst gehen, stolzer Mensch! Ach! wenn du so bist, hab ich keine Macht, kein Recht auf dich.

Sie weinte bitter und ich stand, wie ein Verbrecher, vor ihr. Vergib mir, göttliches Mädchen! rief ich, vor ihr niedergesunken, o vergib mir, wo ich muß! Ich wähle nicht, ich sinne nicht. Eine Macht ist in mir und ich weiß nicht, ob ich es selbst bin, was zu dem Schritte mich treibt. Deine volle Seele gebietet dirs, antwortete sie. Ihr nicht zu folgen, führt oft zum Untergange, doch, ihr zu folgen, wohl auch. Das beste ist, du gehst, denn es ist größer. Handle du; ich will es tragen.

Hyperion an Bellarmin

Diotima war von nun an wunderbar verändert.

Mit Freude hatt ich gesehn, wie seit unserer Liebe das verschwiegne Leben aufgegangen war in Blicken und lieblichen Worten und ihre genialische Ruhe war mir oft in glänzender Begeisterung entgegengekommen.

Aber wie so fremd wird uns die schöne Seele, wenn sie nach dem ersten Aufblühn, nach dem Morgen ihres Laufs hinauf zur Mittagshöhe muß! Man kannte fast das selige Kind nicht mehr, so erhaben und so leidend war sie geworden.

O wie manchmal lag ich vor dem traurenden Götterbilde, und wähnte die Seele hinwegzuweinen im Schmerz um sie, und stand bewundernd auf und selber voll von allmächtigen Kräften! Eine Flamme war ihr ins Auge gestiegen aus der gepreßten Brust. Es war ihr zu enge geworden im Busen voll Wünschen und Leiden; darum waren die Gedanken des Mädchens so herrlich und kühn. Eine neue Größe, eine sichtbare Gewalt über alles, was fühlen konnte, herrscht' in ihr. Sie war ein höheres Wesen. Sie gehörte zu den sterblichen Menschen nicht mehr.

O meine Diotima, hätte ich damals gedacht, wohin das kommen sollte?

Hyperion an Bellarmin

Auch der kluge Notara wurde bezaubert von den neuen Entwürfen, versprach mir eine starke Partei, hoffte bald den Korinthischen Isthmus zu besetzen und Griechenland hier, wie an der Handhabe, zu fassen. Aber das Schicksal wollt es anders und machte seine Arbeit unnütz, ehe sie ans Ziel kam.

Er riet mir, nicht nach Tina zu gehn, gerade den Peloponnes hinab zu reisen, und durchaus so unbemerkt, als möglich. Meinem Vater sollt ich unterweges schreiben, meint' er, der bedächtige Alte würde leichter einen geschehenen Schritt verzeihn, als einen ungeschehenen erlauben. Das war mir nicht recht nach meinem Sinne, aber wir opfern die eignen Gefühle so gern, wenn uns ein großes Ziel vor Augen steht.

Ich zweifle, fuhr Notara fort, ob du wirst auf deines Vaters Hülfe in solchem Falle rechnen können. Darum geb ich dir, was nebenbei doch nötig ist für dich, um einige Zeit in allen Fällen zu leben und zu wirken. Kannst du einst, so zahlst du mir es zurück, wo nicht, so war das meine auch dein. Schäme des Gelds dich nicht, setzt' er lächelnd hinzu; auch die Rosse des Phöbus leben von der Luft nicht allein, wie uns die Dichter erzählen.

Hyperion an Bellarmin

Nun kam der Tag des Abschieds.

Den Morgen über war ich oben in Notaras Garten geblieben, in der frischen Winterluft, unter den immergrünen Zypressen und Zedern. Ich war gefaßt. Die großen Kräfte der Jugend hielten mich aufrecht und das Leiden, das ich ahnete, trug, wie eine Wolke, mich höher.

Diotimas Mutter hatte Notara und die andern Freunde und mich gebeten, daß wir noch den letzten Tag bei ihr zusammen leben möchten. Die Guten hatten sich alle meiner und Diotimas gefreut und das Göttliche in unserer Liebe war an ihnen nicht verloren geblieben. Sie sollten nun mein Scheiden auch mir segnen.

Ich ging hinab. Ich fand das teure Mädchen am Herde. Es schien ihr ein heilig priesterlich Geschäft, an diesem Tage das Haus zu besorgen. Sie hatte alles zurechtgemacht, alles im Hause verschönert und es durft ihr niemand dabei helfen. Alle Blumen, die noch übrig waren im Garten, hatte sie eingesammelt, Rosen und frische Trauben hatte sie in der späten Jahrszeit noch zusammengebracht.

Sie kannte meinen Fußtritt, da ich heraufkam, trat mir leis entgegen; die bleichen Wangen glühten von der Flamme des Herds und die ernsten großgewordnen Augen glänzten von Tränen. Sie sahe, wie michs überfiel. Gehe hinein, mein Lieber, sagte sie; die Mutter ist drinnen und ich folge gleich.

Ich ging hinein. Da saß die edle Frau und streckte mir die schöne Hand entgegen – kommst du, rief sie, kommst du, mein Sohn! Ich sollte dir zürnen, du hast mein Kind mir genommen, hast alle Vernunft mir ausgeredet, und tust, was dich gelüstet, und gehest davon; aber vergebt es ihm, ihr himmlischen Mächte! wenn er Unrecht vorhat, und hat er Recht, o so zögert nicht mit eurer Hülfe dem Lieben! Ich wollte reden, aber eben kam Notara mit den übrigen Freunden herein und hinter ihnen Diotima.

Wir schwiegen eine Weile. Wir ehrten die traurende Liebe, die in uns allen war, wir fürchteten uns, sich ihrer zu überheben in Reden und stolzen Gedanken. Endlich nach wenigen flüchtigen Worten bat mich Diotima, einiges von Agis und Kleomenes zu erzählen; ich hätte die großen Seelen oft mit feuriger Achtung genannt und gesagt, sie wären Halbgötter, so gewiß, wie Prometheus, und ihr Kampf mit dem Schicksal von Sparta sei heroischer, als irgend einer in den glänzenden Mythen. Der Genius dieser Menschen sei das Abendrot des griechischen Tages, wie Theseus und Homer die Aurore desselben.

Ich erzählte und am Ende fühlten wir uns alle stärker und höher.

Glücklich, rief einer von den Freunden, wem sein Leben wechselt zwischen Herzensfreude und frischem Kampf.

Ja! rief ein anderer, das ist ewige Jugend, daß immer Kräfte genug im Spiele sind und wir uns ganz erhalten in Lust und Arbeit.

O ich möchte mit dir, rief Diotima mir zu.

Es ist auch gut, daß du bleibst, Diotima! sagt ich. Die Priesterin darf aus dem Tempel nicht gehen. Du bewahrst die heilige Flamme, du bewahrst im Stillen das Schöne, daß ich es wiederfinde bei dir.

Du hast auch recht, mein Lieber, das ist besser, sagte sie, und ihre Stimme zitterte und das Aetherauge verbarg sich ins Tuch, um seine Tränen, seine Verwirrung nicht sehen zu lassen.

O Bellarmin! es wollte mir die Brust zerreißen, daß ich sie so schamrot gemacht. Freunde! rief ich, erhaltet diesen Engel mir. Ich weiß von nichts mehr, wenn ich sie nicht weiß. O Himmel! ich darf nicht denken, wozu ich fähig wäre, wenn ich sie vermißte.

Sei ruhig, Hyperion! fiel Notara mir ein.

Ruhig? rief ich; o ihr guten Leute! ihr könnt oft sorgen, wie der Garten blühn und wie die Ernte werden wird, ihr könnt für euren Weinstock beten und ich soll ohne Wünsche scheiden von dem Einzigen, dem meine Seele dient?

Nein, o du Guter! rief Notara bewegt, nein! ohne Wünsche sollst du mir von ihr nicht scheiden! nein, bei der Götterunschuld eurer Liebe! meinen Segen habt ihr gewiß.

Du mahnst mich, rief ich schnell. Sie soll uns segnen, diese teure Mutter, soll mit euch uns zeugen – komm Diotima! unsern Bund soll deine Mutter heiligen, bis die schöne Gemeinde, die wir hoffen, uns vermählt.

So fiel ich auf ein Knie; mit großem Blick, errötend, festlichlächelnd sank auch sie an meiner Seite nieder.

Längst, rief ich, o Natur! ist unser Leben Eines mit dir und himmlischjugendlich, wie du und deine Götter all, ist unsre eigne Welt durch Liebe.

In deinen Hainen wandelten wir, fuhr Diotima fort, und waren, wie du, an deinen Quellen saßen wir und waren, wie du, dort über die Berge gingen wir, mit deinen Kindern, den Sternen, wie du.

Da wir uns ferne waren, rief ich, da, wie Harfengelispel, unser kommend Entzücken uns erst tönte, da wir uns fanden, da kein Schlaf mehr war und alle Töne in uns erwachten zu des Lebens vollen Akkorden, göttliche Natur! da waren wir immer, wie du, und nun auch da wir scheiden und die Freude stirbt, sind wir, wie du, voll Leidens und doch gut, drum soll ein reiner Mund uns zeugen, daß unsre Liebe heilig ist und ewig, so wie du.

Ich zeug es, sprach die Mutter.

Wir zeugen es, riefen die andern.

Nun war kein Wort mehr für uns übrig. Ich fühlte mein höchstes Herz; ich fühlte mich reif zum Abschied. Jetzt will ich fort, ihr Lieben! sagt ich, und das Leben schwand von allen Gesichtern. Diotima stand, wie ein Marmorbild und ihre Hand starb fühlbar in meiner. Alles hatt ich um mich her getötet, ich war einsam und mir schwindelte vor der grenzenlosen Stille, wo mein überwallend Leben keinen Halt mehr fand.

Ach! rief ich, mir ists brennendheiß im Herzen, und ihr steht alle so kalt, ihr Lieben! und nur die Götter des Hauses neigen ihr Ohr? – Diotima! – du bist stille, du siehst nicht! – o wohl dir, daß du nicht siehst!

So geh nur, seufzte sie, es muß ja sein; geh nur, du teures Herz!

O süßer Ton aus diesen Wonnelippen! rief ich, und stand wie ein Betender, vor der holden Statue – süßer Ton! noch Einmal wehe mich an, noch Einmal tage, liebes Augenlicht!

Rede so nicht, Lieber! rief sie, rede mir ernster, rede mit größerem Herzen mir zu!

Ich wollte mich halten, aber ich war wie im Traume.

Wehe! rief ich, das ist kein Abschied, wo man wiederkehrt.

Du wirst sie töten, rief Notara. Siehe, wie sanft sie ist, und du bist so außer dir.

Ich sahe sie an und Tränen stürzten mir aus brennendem Auge.

So lebe denn wohl, Diotima! rief ich, Himmel meiner Liebe, lebe wohl! – Lasset uns stark sein, teure Freunde! teure Mutter! ich gab dir Freude und Leid. Lebt wohl! lebt wohl!

Ich wankte fort. Diotima folgte mir allein.

Es war Abend geworden und die Sterne gingen herauf am Himmel. Wir standen still unter dem Hause. Ewiges war in uns, über uns. Zart, wie der Aether, umwand mich Diotima. Törichter, was ist denn Trennung? flüsterte sie geheimnisvoll mir zu, mit dem Lächeln einer Unsterblichen.

Es ist mir auch jetzt anders, sagt ich, und ich weiß nicht, was von beiden ein Traum ist, mein Leiden oder meine Freudigkeit.

Beides ist, erwiderte sie, und beides ist gut.

Vollendete! rief ich, ich spreche wie du. Am Sternenhimmel wollen wir uns erkennen. Er sei das Zeichen zwischen mir und dir, solange die Lippen verstummen.

Das sei er! sprach sie mit einem langsamen niegehörten Tone – es war ihr letzter. Im Dämmerlichte entschwand mir ihr Bild und ich weiß nicht, ob sie es wirklich war, da ich zum letzten Male mich umwandt' und die erlöschende Gestalt noch einen Augenblick vor meinem Auge zückte und dann in die Nacht verschied.

Hyperion an Bellarmin

Warum erzähl ich dir und wiederhole mein Leiden und rege die ruhelose Jugend wieder auf in mir? Ists nicht genug, Einmal das Sterbliche durchwandert zu haben? warum bleib ich im Frieden meines Geistes nicht stille?

Darum, mein Bellarmin! weil jeder Atemzug des Lebens unserm Herzen wert bleibt, weil alle Verwandlungen der reinen Natur auch mit zu ihrer Schöne gehören. Unsre Seele, wenn sie die sterblichen Erfahrungen ablegt und allein nur lebt in heiliger Ruhe, ist sie nicht, wie ein unbelaubter Baum? wie ein Haupt ohne Locken? Lieber Bellarmin! ich habe eine Weile geruht; wie ein Kind, hab ich unter den stillen Hügeln von Salamis gelebt, vergessen des Schicksals und des Strebens der Menschen. Seitdem ist manches anders in meinem Auge geworden, und ich habe nun so viel Frieden in mir, um ruhig zu bleiben, bei jedem Blick ins menschliche Leben. O Freund! am Ende söhnet der Geist mit allem uns aus. Du wirsts nicht glauben, wenigstens von mir nicht. Aber ich meine, du solltest sogar meinen Briefen es ansehn, wie meine Seele täglich stiller wird und stiller. Und ich will künftig noch so viel davon sagen, bis du es glaubst.

Hier sind Briefe von Diotima und mir, die wir uns nach meinem Abschied von Kalaurea geschrieben. Sie sind das liebste, was ich dir vertraue. Sie sind das wärmste Bild aus jenen Tagen meines Lebens. Vom Kriegslärm sagen sie dir wenig. Desto mehr von meinem eigneren Leben und das ists ja, was du willst. Ach und du mußt auch sehen, wie geliebt ich war. Das konnt ich nie dir sagen, das sagt Diotima nur.

Hyperion an Diotima

Ich bin erwacht aus dem Tode des Abschieds, meine Diotima! gestärkt, wie aus dem Schlafe, richtet mein Geist sich auf.

Ich schreibe dir von einer Spitze der Epidaurischen Berge. Da dämmert fern in der Tiefe deine Insel, Diotima! und dorthinaus mein Stadium, wo ich siegen oder fallen muß. O Peloponnes! o ihr Quellen des Eurotas und Alpheus! Da wird es gelten! Aus den spartanischen Wäldern, da wird, wie ein Adler, der alte Landesgenius stürzen mit unsrem Heere, wie mit rauschenden Fittigen.

Meine Seele ist voll von Tatenlust und voll von Liebe, Diotima, und in die griechischen Täler blickt mein Auge hinaus, als sollt es magisch gebieten: steigt wieder empor, ihr Städte der Götter!

Ein Gott muß in mir sein, denn ich fühl auch unsere Trennung kaum. Wie die seligen Schatten am Lethe, lebt jetzt meine Seele mit deiner in himmlischer Freiheit und das Schicksal waltet über unsre Liebe nicht mehr.

Hyperion an Diotima

Ich bin jetzt mitten im Peloponnes. In derselben Hütte, worin ich heute übernachte, übernachtete ich einst, da ich, beinahe noch Knabe, mit Adamas diese Gegenden durchzog. Wie saß ich da so glücklich auf der Bank vor dem Hause und lauschte dem Geläute der fernher kommenden Karawane, und dem Geplätscher des nahen Brunnens, der unter blühenden Akazien sein silbern Gewässer ins Becken goß.

Jetzt bin ich wieder glücklich. Ich wandere durch dies Land, wie durch Dodonas Hain, wo die Eichen tönten von ruhmweissagenden Sprüchen. Ich sehe nur Taten, vergangene, künftige, wenn ich auch vom Morgen bis zum Abend unter freiem Himmel wandre. Glaube mir, wer dieses Land durchreist, und noch ein Joch auf seinem Halse duldet, kein Pelopidas wird, der ist herzleer, oder ihm fehlt es am Verstande.

So lange schliefs – so lange schlich die Zeit, wie der Höllenfluß, trüb und stumm, in ödem Müßiggange vorüber? Und doch liegt alles bereit. Voll rächerischer Kräfte ist das Bergvolk hieherum, liegt da, wie eine schweigende Wetterwolke, die nur des Sturmwinds wartet, der sie treibt. Diotima! laß mich den Othem Gottes unter sie hauchen, laß mich ein Wort von Herzen an sie reden, Diotima. Fürchte nichts! Sie werden so wild nicht sein. Ich kenne die rohe Natur. Sie höhnt der Vernunft, sie stehet aber im Bunde mit der Begeisterung. Wer nur mit ganzer Seele wirkt, irrt nie. Er bedarf des Klügelns nicht, denn keine Macht ist wider ihn.

Hyperion an Diotima

Morgen bin ich bei Alabanda. Es ist mir eine Lust, den Weg nach Koron zu erfragen, und ich frage öfter, als nötig ist. Ich möchte die Flügel der Sonne nehmen und hin zu ihm und doch zaudr ich auch so gerne und frage: wie wird er sein?

Der königliche Jüngling! warum bin ich später geboren? warum sprang ich nicht aus Einer Wiege mit ihm? Ich kann den Unterschied nicht leiden, der zwischen uns ist. O warum lebt ich, wie ein müßiger Hirtenknabe, zu Tina, und träumte nur von seinesgleichen noch erst, da er schon in lebendiger Arbeit die Natur erprüfte und mit Meer und Luft und allen Elementen schon rang? triebs denn in mir nach Tatenwonne nicht auch?

Aber ich will ihn einholen, ich will schnell sein. Beim Himmel! ich bin überreif zur Arbeit. Meine Seele tobt nur gegen sich selbst, wenn ich nicht bald durch ein lebendig Geschäft mich befreie.

Hohes Mädchen! wie konnt ich bestehen vor dir? Wie war dirs möglich, so ein tatlos Wesen zu lieben?

Hyperion an Diotima

Ich hab ihn, teure Diotima!

Leicht ist mir die Brust und schnell sind meine Sehnen, ha! und die Zukunft reizt mich, wie eine klare Wassertiefe uns reizt, hinein zu springen und das übermütige Blut im frischen Bade zu kühlen. Aber das ist Geschwätz. Wir sind uns lieber, als je, mein Alabanda und ich. Wir sind freier umeinander und doch ists alle die Fülle und Tiefe des Lebens, wie sonst.

O wie hatten die alten Tyrannen so recht, Freundschaften, wie die unsere, zu verbieten! Da ist man stark, wie ein Halbgott, und duldet nichts Unverschämtes in seinem Bezirke! –

Es war des Abends, da ich in sein Zimmer trat. Er hatte eben die Arbeit bei Seite gelegt, saß in einer mondhellen Ecke am Fenster und pflegte seiner Gedanken. Ich stand im Dunkeln, er erkannte mich nicht, sah unbekümmert gegen mich her. Der Himmel weiß, für wen er mich halten mochte. Nun, wie geht es? rief er. So ziemlich! sagt ich. Aber das Heucheln war umsonst. Meine Stimme war voll geheimen Frohlockens. Was ist das? fuhr er auf; bist du's? Ja wohl, du Blinder! rief ich, und flog ihm in die Arme. O nun! rief Alabanda endlich, nun soll es anders werden, Hyperion!

Das denk ich, sagt ich und schüttelte freudig seine Hand.

Kennst du mich denn noch, fuhr Alabanda fort nach einer Weile, hast du den alten frommen Glauben noch an Alabanda? Großmütiger! mir ist es nimmer indes so wohl gegangen, als da ich im Lichte deiner Liebe mich fühlte.

Wie? rief ich, fragt dies Alabanda? Das war nicht stolz gesprochen, Alabanda. Aber es ist das Zeichen dieser Zeit, daß die alte Heroennatur um Ehre betteln geht, und das lebendige Menschenherz, wie eine Waise, um einen Tropfen Liebe sich kümmert.

Lieber Junge! rief er; ich bin eben alt geworden. Das schlaffe Leben überall und die Geschichte mit den Alten, zu denen ich in Smyrna dich in die Schule bringen wollte –

O es ist bitter, rief ich; auch an diesen wagte sich die Todesgöttin, die Namenlose, die man Schicksal nennt.

Es wurde Licht gebracht und wir sahn von neuem mit leisem liebendem Forschen uns an. Die Gestalt des Teuren war sehr anders geworden seit den Tagen der Hoffnung. Wie die Mittagssonne vom bleichen Himmel, funkelte sein großes ewiglebendes Auge vom abgeblühten Gesichte mich an.

Guter! rief Alabanda mit freundlichem Unwillen, da ich ihn so ansah, laß die Wehmutsblicke, guter Junge! Ich weiß es wohl, ich bin herabgekommen. O mein Hyperion! ich sehne mich sehr nach etwas Großem und Wahrem und ich hoff es zu finden mit dir. Du bist mir über den Kopf gewachsen, du bist freier und stärker, wie ehmals und siehe! das freut mich herzlich. Ich bin das dürre Land und du kommst, wie ein glücklich Gewitter – o es ist herrlich, daß du da bist!

Stille! sagt ich, du nimmst mir die Sinnen, und wir sollten gar nicht von uns sprechen, bis wir im Leben, unter den Taten sind.

Ja wohl! rief Alabanda freudig, erst, wenn das Jagdhorn schallt, da fühlen sich die Jäger.

Wirds denn bald angehn? sagt ich.

Es wird, rief Alabanda, und ich sage dir, Herz! es soll ein ziemlich Feuer werden. Ha! mags doch reichen bis an die Spitze des Turms und seine Fahne schmelzen und um ihn wüten und wogen, bis er berstet und stürzt! – und stoße dich nur an unsern Bundsgenossen nicht. Ich weiß es wohl, die guten Russen möchten uns gerne, wie Schießgewehre, brauchen. Aber laß das gut sein! haben nur erst unsere kräftigen Spartaner bei Gelegenheit erfahren, wer sie sind und was sie können, und haben wir so den Peloponnes erobert, so lachen wir dem Nordpol ins Angesicht und bilden uns ein eigenes Leben.

Ein eignes Leben, rief ich, ein neu, ein ehrsames Leben. Sind wir denn, wie ein Irrlicht aus dem Sumpfe geboren oder stammen wir von den Siegern bei Salamis ab? Wie ists denn nun? wie bist du denn zur Magd geworden, griechische freie Natur? wie bist du so herabgekommen, väterlich Geschlecht, von dem das Götterbild des Jupiter und des Apoll einst nur die Kopie war? – Aber höre mich, Joniens Himmel! höre mich, Vaterlandserde, die du dich halbnackt, wie eine Bettlerin, mit den Lappen deiner alten Herrlichkeit umkleidest, ich will es länger nicht dulden!

O Sonne, die uns erzog! rief Alabanda, zusehn sollst du, wenn unter der Arbeit uns der Mut wächst, wenn unter den Schlägen des Schicksals unser Entwurf, wie das Eisen unter dem Hammer sich bildet.

Es entzündete einer den andern.

Und daß nur kein Flecken hängen bleibe, rief ich, kein Posse, womit uns das Jahrhundert, wie der Pöbel die Wände, bemalt! O, rief Alabanda, darum ist der Krieg auch so gut –

Recht, Alabanda, rief ich, so wie alle große Arbeit, wo des Menschen Kraft und Geist und keine Krücke und kein wächserner Flügel hilft. Da legen wir die Sklavenkleider ab, worauf das Schicksal uns sein Wappen gedrückt –

Da gilt nichts Eitles und Anerzwungenes mehr, rief Alabanda, da gehn wir schmucklos, fessellos, nackt, wie im Wettlauf zu Nemea, zum Ziele.

Zum Ziele, rief ich, wo der junge Freistaat dämmert und das Pantheon alles Schönen aus griechischer Erde sich hebt.

Alabanda schwieg eine Weile. Eine neue Röte stieg auf in seinem Gesichte, und seine Gestalt wuchs, wie die erfrischte Pflanze, in die Höhe.

O Jugend! Jugend! rief er, dann will ich trinken aus deinem Quell, dann will ich leben und lieben. Ich bin sehr freudig, Himmel der Nacht, fuhr er, wie trunken, fort, indem er unter das Fenster trat, wie eine Rebenlaube, überwölbest du mich, und deine Sterne hängen, wie Trauben, herunter.

Hyperion an Diotima

Es ist mein Glück, daß ich in voller Arbeit lebe. Ich müßt in eine Torheit um die andere fallen, so voll ist meine Seele, so berauscht der Mensch mich, der wunderbare, der stolze, der nichts liebt, als mich und alle Demut, die in ihm ist, nur auf mich häuft. O Diotima! dieser Alabanda hat geweint vor mir, hat, wie ein Kind, mirs abgebeten, was er mir in Smyrna getan.

Wer bin ich dann, ihr Lieben, daß ich mein euch nenne, daß ich sagen darf, sie sind mein eigen, daß ich, wie ein Eroberer, zwischen euch steh und euch, wie meine Beute, umfasse.

O Diotima! o Alabanda! edle, ruhiggroße Wesen! wie muß ich vollenden, wenn ich nicht fliehn will vor meinem Glücke, vor euch?

Eben, während ich schrieb, erhielt ich deinen Brief, du liebe.

Traure nicht, holdes Wesen, traure nicht! Spare dich, unversehrt von Gram, den künftigen Vaterlandsfesten! Diotima! dem glühenden Festtag der Natur, dem spare dich auf und all den heitern Ehrentagen der Götter!

Siehest du Griechenland nicht schon?

O siehest du nicht, wie, froh der neuen Nachbarschaft, die ewigen Sterne lächeln über unsern Städten und Hainen, wie das alte Meer, wenn es unser Volk lustwandelnd am Ufer sieht, der schönen Athener wieder gedenkt und wieder Glück uns bringt, wie damals seinen Lieblingen, auf fröhlicher Woge?

Seelenvolles Mädchen! du bist so schön schon itzt! wie wirst du dann erst, wenn das echte Klima dich nährt, in entzückender Glorie blühn!

Diotima an Hyperion

Ich hatte die meiste Zeit mich eingeschlossen, seit du fort bist, lieber Hyperion! Heute war ich wieder einmal draußen.

In holder Februarluft hab ich Leben gesammelt und bringe das gesammelte dir. Es hat auch mir noch wohlgetan, das frische Erwarmen des Himmels, noch hab ich sie mitgefühlt, die neue Wonne der Pflanzenwelt, der reinen, immergleichen, wo alles trauert und sich wieder freut zu seiner Zeit.

Hyperion! o mein Hyperion! warum gehn wir denn die stillen Lebenswege nicht auch? Es sind heilige Namen, Winter und Frühling und Sommer und Herbst! wir aber kennen sie nicht. Ist es nicht Sünde, zu trauern im Frühling? warum tun wir es dennoch?

Vergib mir! die Kinder der Erde leben durch die Sonne allein; ich lebe durch dich, ich habe andre Freuden, ist es denn ein Wunder, wenn ich andre Trauer habe? und muß ich trauern? muß ich denn?

Mutiger! lieber! sollt ich welken, wenn du glänzest? sollte mir das Herz ermatten, wenn die Siegslust dir in allen Sehnen erwacht? Hätt ich ehmals gehört, ein griechischer Jüngling mache sich auf, das gute Volk aus seiner Schmach zu ziehn, es der mütterlichen Schönheit, der es entstammte, wieder zu bringen, wie hätt ich aufgestaunt aus dem Traume der Kindheit und gedürstet nach dem Bilde des Teuren? und nun er da ist, nun er mein ist, kann ich noch weinen? o des albernen Mädchens! ist es denn nicht wirklich? ist er der Herrliche nicht, und ist er nicht mein! o ihr Schatten seliger Zeit! ihr meine trauten Erinnerungen!

Ist mir doch, als wär er kaum von gestern, jener Zauberabend, da der heilge Fremdling mir zum ersten Male begegnete, da er, wie ein trauernder Genius, hereinglänzt' in die Schatten des Walds, wo im Jugendtraume das unbekümmerte Mädchen saß – in der Mailuft kam er, in Joniens zaubrischer Mailuft und sie macht' ihn blühender mir, sie lockt' ihm das Haar, entfaltet' ihm, wie Blumen, die Lippen, löst' in Lächeln die Wehmut auf und o ihr Strahlen des Himmels! wie leuchtetet ihr aus diesen Augen mich an, aus diesen berauschenden Quellen, wo im Schatten umschirmender Bogen ewig Leben schimmert und wallt! –

Gute Götter! wie er schön ward mit dem Blick auf mich! wie der ganze Jüngling, eine Spanne größer geworden, in leichter Nerve dastand, nur daß ihm die lieben

Arme, die bescheidnen, niedersanken, als wären sie nichts! und wie er drauf emporsah im Entzücken, als wär ich gen Himmel entflogen und nicht mehr da, ach! wie er nun in aller Herzensanmut lächelt' und errötete, da er wieder mich gewahr ward und unter den dämmernden Tränen sein Phöbusauge durchstrahlt', um zu fragen, bist dus? bist du es wirklich?

Und warum begegnet' er so frommen Sinnes, so voll lieben Aberglaubens mir? warum hatt er erst sein Haupt gesenkt, warum war der Götterjüngling so voll Sehnens und Trauerns? Sein Genius war zu selig, um allein zu bleiben, und zu arm die Welt, um ihn zu fassen. O es war ein liebes Bild, gewebt von Größe und Leiden! Aber nun ists anders! mit dem Leiden ists aus! Er hat zu tun bekommen, er ist der Kranke nicht mehr! –

Ich war voll Seufzens, da ich anfing, dir zu schreiben, mein Geliebter! Jetzt bin ich lauter Freude. So spricht man über dir sich glücklich. Und siehe! so solls auch bleiben. Lebe wohl!

Hyperion an Diotima

Wir haben noch zu gutem Ende dein Fest gefeiert, schönes Leben! ehe der Lärm beginnt. Es war ein himmlischer Tag. Das holde Frühjahr weht' und glänzte vom Orient her, entlockt' uns deinen Namen, wie es den Bäumen die Blüten entlockt, und alle seligen Geheimnisse der Liebe entatmeten mir. Eine Liebe, wie die unsre, war dem Freunde nie erschienen, und es war entzückend, wie der stolze Mensch aufmerkte und Auge und Geist ihm glühte, dein Bild, dein Wesen zu fassen.

O, rief er endlich, da ists wohl der Mühe wert, für unser Griechenland zu streiten, wenn es solche Gewächse noch trägt!

Ja wohl, mein Alabanda, sagt ich; da gehn wir heiter in den Kampf, da treibt uns himmlisch Feuer zu Taten, wenn unser Geist vom Bilde solcher Naturen verjüngt ist, und da läuft man auch nach einem kleinen Ziele nicht, da sorgt man nicht für dies und das und künstelt, den Geist nicht achtend, von außen und trinkt um des Kelchs willen den Wein; da ruhn wir dann erst, Alabanda, wenn des Genius Wonne kein Geheimnis mehr ist, dann erst, wenn die Augen all in Triumphbogen sich wandeln, wo der Menschengeist, der langabwesende, hervorglänzt aus den Irren und Leiden und siegesfroh den väterlichen Aether grüßt. – Ha! an der Fahne allein soll niemand unser künftig Volk erkennen; es muß sich alles verjüngen, es muß von Grund aus anders sein; voll Ernsts die Lust und heiter alle Arbeit! nichts, auch das kleinste, das alltäglichste nicht ohne den Geist und die Götter! Lieb und Haß und jeder Laut von uns muß die gemeinere Welt befremden und auch kein Augenblick darf Einmal noch uns mahnen an die platte Vergangenheit!

Hyperion an Diotima

Der Vulkan bricht los. In Koron und Modon werden die Türken belagert und wir rücken mit unserem Bergvolk gegen den Peloponnes hinauf.

Nun hat die Schwermut all ein Ende, Diotima, und mein Geist ist fester und schneller, seit ich in lebendiger Arbeit bin und sieh! ich habe nun auch eine Tagesordnung.

Mit der Sonne beginn ich. Da geh ich hinaus, wo im Schatten des Walds mein Kriegsvolk liegt und grüße die tausend hellen Augen, die jetzt vor mir mit wilder Freundlichkeit sich auftun. Ein erwachendes Heer! ich kenne nichts gleiches und alles Leben in Städten und Dörfern ist, wie ein Bienenschwarm, dagegen.

Der Mensch kanns nicht verleugnen, daß er einst glücklich war, wie die Hirsche des Forsts und nach unzähligen Jahren klimmt noch in uns ein Sehnen nach den Tagen der Urwelt, wo jeder die Erde durchstreifte, wie ein Gott, eh, ich weiß nicht was? den Menschen zahm gemacht, und noch, statt Mauern und totem Holz, die Seele der Welt, die heilige Luft allgegenwärtig ihn umfing.

Diotima! mir geschieht oft wunderbar, wenn ich mein unbekümmert Volk durchgehe und, wie aus der Erde gewachsen, einer um den andern aufsteht und dem Morgenlicht entgegen sich dehnt, und unter den Haufen der Männer die knatternde Flamme emporsteigt, wo die Mutter sitzt mit dem frierenden Kindlein, wo die erquickende Speise kocht, indes die Rosse, den Tag witternd, schnauben und schrein, und der Wald ertönt von allerschütternder Kriegsmusik, und rings von Waffen schimmert und rauscht – aber das sind Worte und die eigne Lust von solchem Leben erzählt sich nicht.

Dann sammelt mein Haufe sich um mich her, mit Lust, und es ist wunderbar, wie auch die Ältesten und Trotzigsten in aller meiner Jugend mich ehren. Wir werden vertrauter und mancher erzählt, wies ihm erging im Leben und mein Herz schwillt oft von mancherlei Schicksal. Dann fang ich an, von besseren Tagen zu reden, und glänzend gehn die Augen ihnen auf, wenn sie des Bundes gedenken, der uns einigen soll, und das stolze Bild des werdenden Freistaats dämmert vor ihnen.

Alles für jeden und jeder für alle! Es ist ein freudiger Geist in den Worten und er ergreift auch immer meine Menschen, wie Göttergebot. O Diotima! so zu sehn, wie von Hoffnungen da die starre Natur erweicht und all ihre Pulse mächtiger schlagen und von Entwürfen die verdüsterte Stirne sich entfaltet und glänzt, so da zu stehn in einer Sphäre von Menschen, umrungen von Glauben und Lust, das ist doch mehr, als Erd und Himmel und Meer in aller ihrer Glorie zu schaun.

Dann üb ich sie in Waffen und Märschen bis um Mittag. Der frohe Mut macht sie gelehrig, wie er zum Meister mich macht. Bald stehn sie dichtgedrängt in macedonischer Reih und regen den Arm nur, bald fliegen sie, wie Strahlen, auseinander zum gewagteren Streit in einzelnen Haufen, wo die geschmeidige Kraft in jeder Stelle sich ändert und jeder selbst sein Feldherr ist, und sammeln sich wieder in sicherem Punkt – und immer, wo sie gehen und stehn in solchem Waffentanze, schwebt ihnen und mir das Bild der Tyrannenknechte und der ernstere Walplatz vor Augen.

Drauf, wenn die Sonne heißer scheint, wird Rat gehalten im Innern des Walds und es ist Freude, so mit stillen Sinnen über der großen Zukunft zu walten. Wir nehmen dem Zufall die Kraft, wir meistern das Schicksal. Wir lassen Widerstand nach unserem Willen entstehn, wir reizen den Gegner zu dem, worauf wir gerüstet sind. Oder sehen wir zu und scheinen furchtsam und lassen ihn näher kommen, bis er das Haupt zum Schlag uns reicht, auch nehmen wir ihm mit Schnelle die Fassung und das ist meine Panacee. Doch halten die erfahrneren Ärzte nichts auf solche allesheilende Mittel.

Wie wohl ist dann des Abends mir bei meinem Alabanda, wenn wir zur Lust auf muntern Rossen die sonnenroten Hügel umschweifen, und auf den Gipfeln, wo wir weilen, die Luft in den Mähnen unserer Tiere spielt, und das freundliche Säuseln in unsere Gespräche sich mischt, indes wir hinaussehn in die Fernen von Sparta, die unser Kampfpreis sind! und wenn wir nun zurück sind und zusammensitzen in lieblicher Kühle der Nacht, wo uns der Becher duftet und das Mondlicht unser spärlich Mahl bescheint und mitten in unsrer lächelnden Stille die Geschichte der Alten, wie eine Wolke aufsteigt aus dem heiligen Boden, der uns trägt, wie selig ists da, in solchem Momente sich die Hände zu reichen!

Dann spricht wohl Alabanda noch von manchem, den die Langeweile des Jahrhunderts peinigt, von so mancher wunderbaren krummen Bahn, die sich das Leben bricht, seitdem sein grader Gang gehemmt ist, dann fällt mir auch mein

Adamas ein, mit seinen Reisen, seiner eignen Sehnsucht in das innere Asien hinein – das sind nur Notbehelfe, guter Alter! möcht ich dann ihm rufen, komm! und baue deine Welt! mit uns! denn unsre Welt ist auch die deine. Auch die deine, Diotima, denn sie ist die Kopie von dir. O du, mit deiner Elysiumsstille, könnten wir das schaffen, was du bist!

Hyperion an Diotima

Wir haben jetzt dreimal in Einem fort gesiegt in kleinen Gefechten, wo aber die Kämpfer sich durchkreuzten, wie Blitze, und alles Eine verzehrende Flamme war. Navarin ist unser und wir stehen jetzt vor der Feste Misistra, dem Überreste des alten Sparta. Ich hab auch die Fahne, die ich einer albanischen Horde entriß, auf eine Ruine gepflanzt, die vor der Stadt liegt, habe vor Freude meinen türkischen Kopfbund in den Eurotas geworfen und trage seitdem den griechischen Helm.

Und nun möcht ich dich sehen, o Mädchen! sehen möcht ich dich und deine Hände nehmen und an mein Herz sie drücken, dem die Freude nun bald vielleicht zu groß ist! bald! in einer Woche vielleicht ist er befreit, der alte, edle, heilige Peloponnes.

O dann, du Teure! lehre mich fromm sein! dann lehre mein überwallend Herz ein Gebet! Ich sollte schweigen, denn was hab ich getan? und hätt ich etwas getan, wovon ich sprechen möchte, wieviel ist dennoch übrig? Aber was kann ich dafür, daß mein Gedanke schneller ist, wie die Zeit? Ich wollte so gern, es wäre umgekehrt und die Zeit und die Tat überflöge den Gedanken und der geflügelte Sieg übereilte die Hoffnung selbst.

Mein Alabanda blüht, wie ein Bräutigam. Aus jedem seiner Blicke lacht die kommende Welt mich an, und daran still ich noch die Ungeduld so ziemlich.

Diotima! ich möchte dieses werdende Glück nicht um die schönste Lebenszeit des alten Griechenlands vertauschen, und der kleinste unsrer Siege ist mir lieber, als Marathon und Thermopylä und Platea. Ists nicht wahr? Ist nicht dem Herzen das genesende Leben mehr wert, als das reine, das die Krankheit noch nicht kennt? Erst wenn die Jugend hin ist, lieben wir sie, und dann erst, wenn die verlorne wiederkehrt, beglückt sie alle Tiefen der Seele.

Am Eurotas stehet mein Zelt, und wenn ich nach Mitternacht erwache, rauscht der alte Flußgott mahnend mir vorüber, und lächelnd nehm ich die Blumen des

Ufers, und streue sie in seine glänzende Welle und sag ihm: Nimm es zum Zeichen, du Einsamer! Bald umblüht das alte Leben dich wieder.

Diotima an Hyperion

Ich habe die Briefe erhalten, mein Hyperion, die du unterwegens mir schriebst. Du ergreifst mich gewaltig mit allem, was du mir sagst, und mitten in meiner Liebe schaudert mich oft, den sanften Jüngling, der zu meinen Füßen geweint, in dieses rüstige Wesen verwandelt zu sehn.

Wirst du denn nicht die Liebe verlernen?

Aber wandle nur zu! Ich folge dir. Ich glaube, wenn du mich hassen könntest, würd ich auch da sogar dir nachempfinden, würde mir Mühe geben, dich zu hassen und so blieben unsre Seelen sich gleich und das ist kein eitel übertrieben Wort, Hyperion.

Ich bin auch selbst ganz anders, wie sonst. Mir mangelt der heitre Blick in die Welt und die freie Lust an allem Lebendigen. Nur das Feld der Sterne zieht mein Auge noch an. Dagegen denk ich um so lieber an die großen Geister der Vorwelt und wie sie geendet haben auf Erden, und die hohen spartanischen Frauen haben mein Herz gewonnen. Dabei vergeß ich nicht die neuen Kämpfer, die kräftigen, deren Stunde gekommen ist, oft hör ich ihren Siegslärm durch den Peloponnes herauf mir näher brausen und näher, oft seh ich sie, wie eine Katarakte, dort herunterwogen durch die Epidaurischen Wälder und ihre Waffen fernher glänzen im Sonnenlichte, das, wie ein Herold, sie geleitet, o mein Hyperion! und du kömmst geschwinde nach Kalaurea herüber und grüßest die stillen Wälder unserer Liebe, grüßest mich, und fliegst nun wieder zu deiner Arbeit zurück; – und denkst du, ich fürchte den Ausgang? Liebster! manchmal wills mich überfallen, aber meine größern Gedanken halten, wie Flammen, den Frost ab. –

Lebe wohl! vollende, wie es der Geist dir gebeut! und laß den Krieg zu lange nicht dauern, um des Friedens willen, Hyperion, um des schönen, neuen, goldenen Friedens willen, wo, wie du sagtest, einst in unser Rechtsbuch eingeschrieben werden die Gesetze der Natur, und wo das Leben selbst, wo sie, die göttliche Natur, die in kein Buch geschrieben werden kann, im Herzen der Gemeinde sein wird. Lebe wohl.

Hyperion an Diotima

Du hättest mich besänftigen sollen, meine Diotima! hättest sagen sollen, ich möchte mich nicht übereilen, möchte dem Schicksal nach und nach den Sieg abnötigen, wie kargen Schuldnern die Summe. O Mädchen! stille zu stehn, ist schlimmer, wie alles. Mir trocknet das Blut in den Adern, so dürst ich, weiterzukommen und muß hier müßig stehn, muß belagern und belagern, den einen Tag, wie den andern. Unser Volk will stürmen, aber das würde die aufgeregten Gemüter zum Rausch erhitzen und wehe dann unsern Hoffnungen, wenn das wilde Wesen aufgärt und die Zucht und die Liebe zerreißt.

Ich weiß nicht, es kann nur noch einige Tage dauern, so muß Misistra sich ergeben, aber ich wollte, wir wären weiter. Im Lager hier ists mir, wie in gewitterhafter Luft. Ich bin ungeduldig, auch meine Leute gefallen mir nicht. Es ist ein furchtbarer Mutwill unter ihnen.

Aber ich bin nicht klug, daß ich so viel aus meiner Laune mache. Und das alte Lacedämon ists ja doch wohl wert, daß man ein wenig Sorge leidet, eh man es hat.

Hyperion an Diotima

Es ist aus, Diotima! unsre Leute haben geplündert, gemordet, ohne Unterschied, auch unsre Brüder sind erschlagen, die Griechen in Misistra, die Unschuldigen, oder irren sie hülflos herum und ihre tote Jammermiene ruft Himmel und Erde zur Rache gegen die Barbaren, an deren Spitze ich war.

Nun kann ich hingehn und von meiner guten Sache predigen. O nun fliegen alle Herzen mir zu!

Aber ich habs auch klug gemacht. Ich habe meine Leute gekannt. In der Tat! es war ein außerordentlich Projekt, durch eine Räuberbande mein Elysium zu pflanzen.

Nein! bei der heiligen Nemesis! mir ist recht geschehn und ich wills auch dulden, dulden will ich, bis der Schmerz mein letzt Bewußtsein mir zerreißt.

Denkst du, ich tobe? Ich habe eine ehrsame Wunde, die einer meiner Getreuen mir schlug, indem ich den Greuel abwehrte. Wenn ich tobte, so riss' ich die Binde von ihr, und so ränne mein Blut, wohin es gehört, in diese trauernde Erde.

Diese trauernde Erde! die nackte! so ich kleiden wollte mit heiligen Hainen, so ich schmücken wollte mit allen Blumen des griechischen Lebens!

O es wäre schön gewesen, meine Diotima.

Nennst du mich mutlos? Liebes Mädchen! es ist des Unheils zu viel. An allen Enden brechen wütende Haufen herein; wie eine Seuche, tobt die Raubgier in Morea und wer nicht auch das Schwert ergreift, wird verjagt, geschlachtet und dabei sagen die Rasenden, sie fechten für unsre Freiheit. Andre des rohen Volks sind von dem Sultan bestellt und treibens, wie jene.

Eben hör ich, unser ehrlos Heer sei nun zerstreut. Die Feigen begegneten bei Tripolissa einem albanischen Haufen, der um die Hälfte geringer an Zahl war. Weils aber nichts zu plündern gab, so liefen die Elenden alle davon. Die Russen, die mit uns den Feldzug wagten, vierzig brave Männer, hielten allein aus, fanden auch alle den Tod.

Und so bin ich nun mit meinem Alabanda wieder einsam, wie zuvor. Seitdem der Treue mich fallen und bluten sah in Misistra, hat er alles andre vergessen, seine Hoffnungen, seine Siegslust, seine Verzweiflung. Der Ergrimmte, der unter die Plünderer stürzte, wie ein strafender Gott, der führte nun so sanft mich aus dem Getümmel, und seine Tränen netzten mein Kleid. Er blieb auch bei mir in der Hütte, wo ich seitdem lag und ich freue mich nun erst recht darüber. Denn wär er mit fortgezogen, so läg er jetzt bei Tripolissa im Staub.

Wie es weiter werden soll, das weiß ich nicht. Das Schicksal stößt mich ins Ungewisse hinaus und ich hab es verdient; von dir verbannt mich meine eigene Scham und wer weiß, wie lange?

Ach! ich habe dir ein Griechenland versprochen und du bekommst ein Klaglied nun dafür. Sei selbst dein Trost!

Hyperion an Diotima

Ich bringe mich mit Mühe zu Worten.

Man spricht wohl gerne, man plaudert, wie die Vögel, solange die Welt, wie Mailuft, einen anweht; aber zwischen Mittag und Abend kann es anders werden, und was ist verloren am Ende?

Glaube mir und denk, ich sags aus tiefer Seele dir: die Sprache ist ein großer Überfluß. Das Beste bleibt doch immer für sich und ruht in seiner Tiefe, wie die Perle im Grunde des Meers. – Doch was ich eigentlich dir schreiben wollte, weil doch einmal das Gemälde seinen Rahmen und der Mann sein Tagwerk haben muß, so will ich noch auf eine Zeitlang Dienste nehmen bei der russischen Flotte; denn mit den Griechen hab ich weiter nichts zu tun.

O teures Mädchen! es ist sehr finster um mich geworden!

Hyperion an Diotima

Ich habe gezaudert, gekämpft. Doch endlich muß es sein. Ich sehe, was notwendig ist, und weil ich es sehe, so soll es auch werden. Mißdeute mich nicht! verdamme mich nicht! ich muß dir raten, daß du mich verlässest, meine Diotima. Ich bin für dich nichts mehr, du holdes Wesen! Dies Herz ist dir versiegt, und meine Augen sehen das Lebendige nicht mehr. O meine Lippen sind verdorrt; der Liebe süßer Hauch quillt mir im Busen nicht mehr.

Ein Tag hat alle Jugend mir genommen; am Eurotas hat mein Leben sich müde geweint, ach! am Eurotas, der in rettungsloser Schmach an Lacedämons Schutt vorüberklagt, mit allen seinen Wellen. Da, da hat mich das Schicksal abgeerntet. – Soll ich deine Liebe, wie ein Almosen, besitzen? – Ich bin so gar nichts, bin so ruhmlos, wie der ärmste Knecht. Ich bin verbannt, verflucht, wie ein gemeiner Rebell und mancher Grieche in Morea wird von unsern Heldentaten, wie von einer Diebsgeschichte, seinen Kindeskindern künftighin erzählen.

Ach! und Eines hab ich lange dir verschwiegen. Feierlich verstieß mein Vater mich, verwies mich ohne Rückkehr aus dem Hause meiner Jugend, will mich nimmer wieder sehen, nicht in diesem, noch im andern Leben, wie er sagt. So lautet die Antwort auf den Brief, worin ich mein Beginnen ihm geschrieben.

Nun laß dich nur das Mitleid nimmer irre führen. Glaube mir, es bleibt uns überall noch eine Freude. Der echte Schmerz begeistert. Wer auf sein Elend tritt, steht höher. Und das ist herrlich, daß wir erst im Leiden recht der Seele Freiheit fühlen. Freiheit! wer das Wort versteht – es ist ein tiefes Wort, Diotima. Ich bin so innigst angefochten, bin so unerhört gekränkt, bin ohne Hoffnung, ohne Ziel, bin gänzlich ehrlos, und doch ist eine Macht in mir, ein Unbezwingliches, das mein Gebein mit süßen Schauern durchdringt, so oft es rege wird in mir.

Auch hab ich meinen Alabanda noch. Der hat so wenig zu gewinnen, als ich selbst. Den kann ich ohne Schaden mir behalten! Ach! der königliche Jüngling hätt ein besser Los verdient. Er ist so sanft geworden und so still. Das will mir oft das Herz zerreißen. Aber einer erhält den andern. Wir sagen uns nichts; was sollten wir uns sagen? aber es ist denn doch ein Segen in manchem kleinen Liebesdienste, den wir uns leisten.

Da schläft er und lächelt genügsam, mitten in unsrem Schicksal. Der Gute! er weiß nicht, was ich tue. Er würd es nicht dulden. Du mußt an Diotima schreiben, gebot er mir, und mußt ihr sagen, daß sie bald mit dir sich aufmacht, in ein leidlicher Land zu fliehn. Aber er weiß nicht, daß ein Herz, das so verzweifeln lernte, wie seines und wie meines, der Geliebten nichts mehr ist. Nein! nein! du fändest ewig keinen Frieden bei Hyperion, du müßtest untreu werden und das will ich dir ersparen.

Und so lebe denn wohl, du süßes Mädchen! lebe wohl! Ich möchte dir sagen, gehe dahin, gehe dorthin; da rauschen die Quellen des Lebens. Ich möcht ein freier Land, ein Land voll Schönheit und voll Seele dir zeigen und sagen: dahin rette dich! Aber o Himmel! könnt ich dies, so wär ich auch ein andrer und so müßt ich auch nicht Abschied nehmen – Abschied nehmen? Ach! ich weiß nicht, was ich tue. Ich wähnte mich so gefaßt, so besonnen. Jetzt schwindelt mir und mein Herz wirft sich umher, wie ein ungeduldiger Kranker. Weh über mich! ich richte meine letzte Freude zu Grunde. Aber es muß sein und das Ach! der Natur ist hier umsonst. Ich bins dir schuldig, und ich bin ja ohnedies dazu geboren, heimatlos und ohne Ruhestätte zu sein. O Erde! o ihr Sterne! werde ich nirgends wohnen am Ende?

Noch Einmal möcht ich wiederkehren an deinen Busen, wo es auch wäre! Aetheraugen! Einmal noch mir wieder begegnen in euch! an deinen Lippen hängen, du Liebliche! du Unaussprechliche! und in mich trinken dein entzückend heiligsüßes Leben – aber höre das nicht! ich bitte dich, achte das nicht! Ich würde sagen, ich sei ein Verführer, wenn du es hörtest. Du kennst mich, du verstehst mich. Du weißt, wie tief du mich achtest, wenn du mich nicht bedauerst, mich nicht hörst.

Ich kann, ich darf nicht mehr – wie mag der Priester leben, wo sein Gott nicht mehr ist? O Genius meines Volks! o Seele Griechenlands! ich muß hinab, ich muß im Totenreiche dich suchen.

Hyperion an Diotima

Ich habe lange gewartet, ich will es dir gestehn, ich habe sehnlich auf ein Abschiedswort aus deinem Herzen gehofft, aber du schweigst. Auch das ist eine Sprache deiner schönen Seele, Diotima.

Nicht wahr, die heiligern Akkorde hören darum denn doch nicht auf? nicht wahr, Diotima, wenn auch der Liebe sanftes Mondlicht untergeht, die höhern

Sterne ihres Himmels leuchten noch immer? O das ist ja meine letzte Freude, daß wir unzertrennlich sind, wenn auch kein Laut von dir zu mir, kein Schatte unsrer holden Jugendtage mehr zurückkehrt!

Ich schaue hinaus in die abendrötliche See, ich strecke meine Arme aus nach der Gegend, wo du ferne lebst und meine Seele erwarmt noch einmal an allen Freuden der Liebe und Jugend.

O Erde! meine Wiege! alle Wonne und aller Schmerz ist in dem Abschied, den wir von dir nehmen.

Ihr lieben Jonischen Inseln! und du, mein Kalaurea, und du, mein Tina, ihr seid mir all im Auge, so fern ihr seid und mein Geist fliegt mit den Lüftchen über die regen Gewässer; und die ihr dort zur Seite mir dämmert, ihr Ufer von Teos und Ephesus, wo ich einst mit Alabanda ging in den Tagen der Hoffnung, ihr scheint mir wieder, wie damals, und ich möcht hinüberschiffen ans Land und den Boden küssen und den Boden erwärmen an meinem Busen, und alle süßen Abschiedsworte stammeln vor der schweigenden Erde, eh ich auffliege ins Freie.

Schade, schade, daß es jetzt nicht besser zugeht unter den Menschen, sonst blieb' ich gern auf diesem guten Stern. Aber ich kann dies Erdenrund entbehren, das ist mehr, denn alles, was es geben kann.

Laß uns im Sonnenlicht, o Kind! die Knechtschaft dulden, sagte zu Polyxena die Mutter, und ihre Lebensliebe konnte nicht schöner sprechen. Aber das Sonnenlicht, das eben widerrät die Knechtschaft mir, das läßt mich auf der entwürdigten Erde nicht bleiben und die heiligen Strahlen ziehn, wie Pfade, die zur Heimat führen, mich an.

Seit langer Zeit ist mir die Majestät der schicksallosen Seele gegenwärtiger, als alles andre gewesen; in herrlicher Einsamkeit hab ich manchmal in mir selber gelebt; ich bins gewohnt geworden, die Außendinge abzuschütteln, wie Flocken von Schnee; wie sollt ich dann mich scheun, den sogenannten Tod zu suchen? hab ich nicht tausendmal mich in Gedanken befreit, wie sollt ich denn anstehn, es Einmal wirklich zu tun? Sind wir denn, wie leibeigene Knechte, an den Boden gefesselt, den wir pflügen? sind wir, wie zahmes Geflügel, das aus dem Hofe nicht laufen darf, weils da gefüttert wird?

Wir sind, wie die jungen Adler, die der Vater aus dem Neste jagt, daß sie im hohen Aether nach Beute suchen.

Morgen schlägt sich unsre Flotte und der Kampf wird heiß genug sein. Ich betrachte diese Schlacht, wie ein Bad, den Staub mir abzuwaschen; und ich werde wohl finden, was ich wünsche; Wünsche, wie meiner, gewähren an Ort und Stelle sich leicht. Und so hätt ich doch am Ende durch meinen Feldzug etwas erreicht und sehe, daß unter Menschen keine Mühe vergebens ist.

Fromme Seele! ich möchte sagen, denke meiner, wenn du an mein Grab kömmst. Aber sie werden mich wohl in die Meersflut werfen, und ich seh es gerne, wenn der Rest von mir da untersinkt, wo die Quellen all und die Ströme, die ich liebte, sich versammeln, und wo die Wetterwolke aufsteigt, und die Berge tränkt und die Tale, die ich liebte. Und wir? o Diotima! Diotima! wann sehn wir uns wieder?

Es ist unmöglich, und mein innerstes Leben empört sich, wenn ich denken will, als verlören wir uns. Ich würde Jahrtausende lang die Sterne durchwandern, in alle Formen mich kleiden, in alle Sprachen des Lebens, um dir Einmal wieder zu begegnen. Aber ich denke, was sich gleich ist, findet sich bald.

Große Seele! du wirst dich finden können in diesen Abschied und so laß mich wandern! Grüße deine Mutter! Grüße Notara und die andern Freunde!

Auch die Bäume grüße, wo ich dir zum ersten Male begegnete und die fröhlichen Bäche, wo wir gingen und die schönen Gärten von Angele, und laß, du Liebe! dir mein Bild dabei begegnen. Lebe wohl.

Zweites Buch

Hyperion an Bellarmin

Ich war in einem holden Traume, da ich die Briefe, die ich einst gewechselt, für dich abschrieb. Nun schreib ich wieder dir, mein Bellarmin! und führe weiter dich hinab, hinab bis in die tiefste Tiefe meiner Leiden, und dann, du letzter meiner Lieben! komm mit mir heraus zur Stelle, wo ein neuer Tag uns anglänzt.

Die Schlacht, wovon ich an Diotima geschrieben, begann. Die Schiffe der Türken hatten sich in den Kanal, zwischen die Insel Chios und die asiatische Küste hinein, geflüchtet, und standen am festen Lande hinauf bei Tschesme. Mein Admiral verließ mit seinem Schiffe, worauf ich war, die Reihe, und hub das Vorspiel an mit dem ersten Schiffe der Türken. Das grimmige Paar war gleich beim ersten Angriff bis zum Taumel erhitzt, es war ein rachetrunknes schreckliches Getümmel. Die Schiffe hingen bald mit ihrem Tauwerk aneinander fest; das wütende Gefecht ward immer enger und enger.

Ein tiefes Lebensgefühl durchdrang mich noch. Es war mir warm und wohl in allen Gliedern. Wie ein zärtlichscheidender, fühlte zum letzten Male sich in allen seinen Sinnen mein Geist. Und nun, voll heißen Unmuts, daß ich Besseres nicht wußte, denn mich schlachten zu lassen in einem Gedränge von Barbaren, mit zürnenden Tränen im Auge, stürmt ich hin, wo mir der Tod gewiß war.

Ich traf die Feinde nahe genug und von den Russen, die an meiner Seite fochten, war in wenig Augenblicken auch nicht Einer übrig. Ich stand allein da, voll Stolzes, und warf mein Leben, wie einen Bettlerpfenning, vor die Barbaren, aber sie wollten mich nicht. Sie sahen mich an, wie einen, an dem man sich zu versündigen fürchtet, und das Schicksal schien mich zu achten in meiner Verzweiflung.

Aus höchster Notwehr hieb denn endlich einer auf mich ein, und traf mich, daß ich stürzte. Mir wurde von da an nichts mehr bewußt, bis ich auf Paros, wohin ich übergeschifft war, wieder erwachte.

Von dem Diener, der mich aus der Schlacht trug, hört ich nachher, die beiden Schiffe, die den Kampf begonnen, seien in die Luft geflogen, den Augenblick darauf, nachdem er mit dem Wundarzt mich in einem Boote weggebracht. Die Russen hatten Feuer in das türkische Schiff geworfen, und weil ihr eignes an dem andern festhing, brannt es mit auf.

Wie diese fürchterliche Schlacht ein Ende nahm, ist dir bekannt. So straft ein Gift das andre, rief ich, da ich erfuhr, die Russen hätten die ganze türkische Flotte verbrannt – so rotten die Tyrannen sich selbst aus.

Hyperion an Bellarmin

Sechs Tage nach der Schlacht lag ich in einem peinlichen todähnlichen Schlaf. Mein Leben war, wie eine Nacht, von Schmerzen, wie von zückenden Blitzen, unterbrochen. Das Erste, was ich wieder erkannte, war Alabanda. Er war, wie ich erfuhr, nicht einen Augenblick von mir gewichen, hatte fast allein mich bedient, mit unbegreiflicher Geschäftigkeit, mit tausend zärtlichen häuslichen Sorgen, woran er sonst im Leben nie gedacht, und man hatt ihn auf den Knien vor meinem Bette rufen gehört: o lebe, mein Lieber! daß ich lebe!

Es war ein glücklich Erwachen, Bellarmin! da mein Auge nun wieder dem Lichte sich öffnete, und mit den Tränen des Wiedersehens der Herrliche vor mir stand.

Ich reicht ihm die Hand hin, und der Stolze küßte sie mit allen Entzücken der Liebe. Er lebt, rief er, o Retterin! o Natur! du gute, alles heilende! dein armes Paar, das vaterlandslose, das irre, verlässest doch du nicht! O ich will es nie vergessen, Hyperion! wie dein Schiff vor meinen Augen im Feuer aufging, und donnernd, in die rasende Flamme die Schiffer mit sich hinaufriß, und unter den wenigen geretteten kein Hyperion war. Ich war von Sinnen und der grimmige Schlachtlärm stillte mich nicht. Doch hört ich bald von dir und flog dir nach, sobald wir mit dem Feinde vollends fertig waren. –

Und wie er nun mich hütete! wie er mit liebender Vorsicht mich gefangen hielt in dem Zauberkreise seiner Gefälligkeiten! wie er, ohne ein Wort, mit seiner großen Ruhe mich lehrte, den freien Lauf der Welt neidlos und männlich zu verstehen!

O ihr Söhne der Sonne! ihr freieren Seelen! es ist viel verloren gegangen in diesem Alabanda. Ich suchte umsonst und flehte das Leben an, seit er fort ist; solch eine Römernatur hab ich nimmer gefunden. Der Sorgenfreie, der Tiefverständige, der Tapfre, der Edle! Wo ist ein Mann, wenn ers nicht war? Und wenn er freundlich war und fromm, da wars, wie wenn das Abendlicht im Dunkel der majestätischen Eiche spielt und ihre Blätter träufeln vom Gewitter des Tags.

Hyperion an Bellarmin

Es war in den schönen Tagen des Herbsts, da ich von meiner Wunde halbgenesen zum ersten Male wieder ans Fenster trat. Ich kam mit stilleren Sinnen wieder ins Leben und meine Seele war aufmerksamer geworden. Mit seinem leisesten Zauber wehte der Himmel mich an, und mild, wie ein Blütenregen, flossen die heitern Sonnenstrahlen herab. Es war ein großer, stiller, zärtlicher Geist in dieser Jahrszeit, und die Vollendungsruhe, die Wonne der Zeitigung in den säuselnden Zweigen umfing mich, wie die erneuerte Jugend, so die Alten in ihrem Elysium hofften.

Ich hatt es lange nicht mit reiner Seele genossen, das kindliche Leben der Welt, nun tat mein Auge sich auf mit aller Freude des Wiedersehens und die selige Natur war wandellos in ihrer Schöne geblieben. Meine Tränen flossen, wie ein Sühnopfer, vor ihr, und schaudernd stieg ein frisches Herz mir aus dem alten

Unmut auf. O heilige Pflanzenwelt! rief ich, wir streben und sinnen und haben doch dich! wir ringen mit sterblichen Kräften Schönes zu baun, und es wächst doch sorglos neben uns auf! nicht wahr, Alabanda? für die Not zu sorgen, sind die Menschen gemacht, das übrige gibt sich selber. Und doch – ich kann es nicht vergessen, wie viel mehr ich gewollt.

Laß dir genug sein, Lieber! daß du bist, rief Alabanda, und störe dein stilles Wirken durch die Trauer nicht mehr.

Ich will auch ruhen, sagt ich. O ich will die Entwürfe, die Fodrungen alle, wie Schuldbriefe, zerreißen. Ich will mich rein erhalten, wie ein Künstler sich hält, dich will ich lieben, harmlos Leben, Leben des Hains und des Quells! dich will ich ehren, o Sonnenlicht! an dir mich stillen, schöner Aether, der die Sterne beseelt, und hier auch diese Bäume umatmet und hier im Innern der Brust uns berührt! o Eigensinn der Menschen! wie ein Bettler, hab ich den Nacken gesenkt und es sahen die schweigenden Götter der Natur mit allen ihren Gaben mich an! – Du lächelst, Alabanda? o wie oft, in unsern ersten Zeiten, hast du so gelächelt, wann dein Knabe vor dir plauderte, im trunknen Jugendmut, indes du da, wie eine stille Tempelsäule, standst, im Schutt der Welt, und leiden mußtest, daß die wilden Ranken meiner Liebe dich umwuchsen – sieh! wie eine Binde fällts von meinen Augen und die alten goldenen Tage sind lebendig wieder da.

Ach! rief er, dieser Ernst, in dem wir lebten und diese Lebenslust!

Wenn wir jagten im Forst, rief ich, wenn in der Meersflut wir uns badeten, wenn wir sangen und tranken, wo durch den Lorbeerschatten die Sonn und der Wein und Augen und Lippen uns glänzten – es war ein einzig Leben und unser Geist umleuchtete, wie ein glänzender Himmel, unser jugendlich Glück. Drum läßt auch keiner von dem andern, sagte Alabanda.

O ich habe dir ein schwer Bekenntnis abzulegen, sagt ich. Wirst du mir es glauben, daß ich fort gewollt? von dir! daß ich gewaltsam meinen Tod gesucht! war das nicht herzlos? rasend? ach und meine Diotima! sie soll mich lassen, schrieb ich ihr, und drauf noch einen Brief, den Abend vor der Schlacht – und da schriebst du, rief er, daß du in der Schlacht dein Ende finden wolltest? o Hyperion! Doch hat sie wohl den letzten Brief noch nicht. Du mußt nur eilen, ihr zu schreiben, daß du lebst.

Bester Alabanda! rief ich, das ist Trost! Ich schreibe gleich und schicke meinen Diener fort damit. O ich will ihm alles, was ich habe, bieten, daß er eilt und noch zu rechter Zeit nach Kalaurea kömmt. –

Und den andern Brief, wo vom Entsagen die Rede war, versteht, vergibt die gute Seele dir leicht, setzt' er hinzu.

Vergibt sie? rief ich; o ihr Hoffnungen alle! ja! wenn ich noch glücklich mit dem Engel würde!

Noch wirst du glücklich sein, rief Alabanda; noch ist die schönste Lebenszeit dir übrig. Ein Held ist der Jüngling, der Mann ein Gott, wenn ers erleben kann.

Es dämmerte mir wunderbar in der Seele bei seiner Rede.

Der Bäume Gipfel schauerten leise; wie Blumen aus der dunklen Erde, sproßten Sterne aus dem Schoße der Nacht und des Himmels Frühling glänzt' in heiliger Freude mich an.

Hyperion an Bellarmin

Einige Augenblicke darauf, da ich eben an Diotima schreiben wollte, trat Alabanda freudig wieder ins Zimmer. Ein Brief, Hyperion! rief er; ich schrak zusammen und flog hinzu.

Wie lange, schrieb Diotima, mußt ich leben ohne ein Zeichen von dir! Du schriebst mir von dem Schicksalstage in Misistra und ich antwortete schnell; doch allem nach erhieltst du meinen Brief nicht. Du schriebst mir bald darauf wieder, kurz und düster, und sagtest mir, du seiest gesonnen, auf die russische Flotte zu gehn; ich antwortete wieder; doch auch diesen Brief erhieltst du nicht; nun harrt auch ich vergebens, vom Mai bis jetzt zum Ende des Sommers, bis vor einigen Tagen der Brief kömmt, der mir sagt, ich möchte dir entsagen, Lieber!

Du hast auf mich gerechnet, hast mirs zugetraut, daß dieser Brief mich nicht beleidigen könne. Das freute mich herzlich, mitten in meiner Betrübnis.

Unglücklicher, hoher Geist! ich habe nur zu sehr dich gefaßt. O es ist so ganz natürlich, daß du nimmer lieben willst, weil deine größern Wünsche verschmachten. Mußt du denn nicht die Speise verschmähn, wenn du daran bist, Durstes zu sterben?

Ich wußte es bald; ich konnte dir nicht Alles sein. Konnt ich die Bande der Sterblichkeit dir lösen? konnt ich die Flamme der Brust dir stillen, für die kein Quell fleußt und kein Weinstock wächst? konnt ich die Freuden einer Welt in einer Schale dir reichen?

Das willst du. Das bedarfst du, und du kannst nicht anders. Die grenzenlose Unmacht deiner Zeitgenossen hat dich um dein Leben gebracht.

Wem einmal, so, wie dir, die ganze Seele beleidiget war, der ruht nicht mehr in einzelner Freude, wer so, wie du, das fade Nichts gefühlt, erheitert in höchstem Geiste sich nur, wer so den Tod erfuhr, wie du, erholt allein sich unter den Göttern.

Glücklich sind sie alle, die dich nicht verstehen! Wer dich versteht, muß deine Größe teilen und deine Verzweiflung.

Ich fand dich, wie du bist. Des Lebens erste Neugier trieb mich an das wunderbare Wesen. Unaussprechlich zog die zarte Seele mich an und kindischfurchtlos spielt ich um deine gefährliche Flamme. – Die schönen Freuden unserer Liebe sänftigten dich; böser Mann! nur, um dich wilder zu machen. Sie besänftigten, sie trösteten auch mich, sie machten mich vergessen, daß du im Grunde trostlos warst, und daß auch ich nicht fern war, es zu werden, seit ich dir in dein geliebtes Herz sah.

In Athen, bei den Trümmern des Olympion ergriff es mich von neuem. Ich hatte sonst wohl noch in einer leichten Stunde gedacht, des Jünglings Trauer sei doch wohl so ernst und unerbittlich nicht. Es ist so selten, daß ein Mensch mit dem ersten Schritt ins Leben so mit Einmal, so im kleinsten Punkt, so schnell, so tief das ganze Schicksal seiner Zeit empfand, und daß es unaustilgbar in ihm haftet, dies Gefühl, weil er nicht rauh genug ist, um es auszustoßen, und nicht schwach genug, es auszuweinen, das, mein Teurer! ist so selten, daß es uns fast unnatürlich dünkt.

Nun, im Schutt des heiteren Athens, nun ging mirs selbst zu nah, wie sich das Blatt gewandt, daß jetzt die Toten oben über der Erde gehn und die Lebendigen, die Göttermenschen drunten sind, nun sah ichs auch zu wörtlich und zu wirklich dir aufs Angesicht geschrieben, nun gab ich dir auf ewig recht. Aber zugleich erschienst du mir auch größer. Ein Wesen voll geheimer Gewalt, voll tiefer unentwickelter Bedeutung, ein einzig hoffnungsvoller Jüngling schienst du mir. Zu wem so laut das Schicksal spricht, der darf auch lauter sprechen mit dem Schicksal, sagt ich mir; je unergründlicher er leidet, um so unergründlich mächtiger ist er. Von dir, von dir nur hofft ich alle Genesung. Ich sah dich reisen. Ich sah dich wirken. O der Verwandlung! Von dir gestiftet, grünte wieder des Akademus Hain über den horchenden Schülern und heilige Gespräche hörte, wie einst, der Ahorn des Ilissus wieder.

Den Ernst der Alten gewann in deiner Schule der Genius unserer Jünglinge bald, und seine vergänglichen Spiele wurden unsterblicher, denn er schämte sich, hielt für Gefangenschaft den Schmetterlingsflug. –

Dem hätt, ein Roß zu lenken, genügt; nun ist er ein Feldherr. Allzugenügsam hätte der ein eitel Liedchen gesungen; nun ist er ein Künstler. Denn die Kräfte der Helden, die Kräfte der Welt hattest du aufgetan vor ihnen in offenem Kampf; die Rätsel deines Herzens hattest du ihnen zu lösen gegeben; so lernten die Jünglinge Großes vereinen, lernten verstehn das Spiel der Natur, das seelenvolle, und vergaßen den Scherz. – Hyperion! Hyperion! hast du nicht mich, die Unmündige, zur Muse gemacht? So ergings auch den andern.

Ach! nun verließen so leicht sich nicht die geselligen Menschen; wie der Sand im Sturme der Wildnis irrten sie untereinander nicht mehr, noch höhnte sich Jugend und Alter, noch fehlt' ein Gastfreund dem Fremden und die Vaterlandsgenossen sonderten nimmer sich ab und die Liebenden entleideten alle sich nimmer; an deinen Quellen, Natur, erfrischten sie sich, ach! an den heiligen Freuden, die geheimnisvoll aus deiner Tiefe quillen und den Geist erneun; und die Götter erheiterten wieder die verwelkliche Seele der Menschen; es bewahrten die herzerhaltenden Götter jedes freundliche Bündnis unter ihnen. Denn du, Hyperion! hattest deinen Griechen das Auge geheilt, daß sie das Lebendige sahn, und die in ihnen, wie Feuer im Holze schlief, die Begeisterung hattest du entzündet, daß sie fühlten die stille stete Begeisterung der Natur und ihrer reinen Kinder. Ach! nun nahmen die Menschen die schöne Welt nicht mehr, wie Laien des Künstlers Gedicht, wenn sie die Worte loben und den Nutzen drin ersehn. Ein zauberisch Beispiel wurdest du, lebendige Natur! den Griechen, und entzündet von der ewigjungen Götter Glück war alles Menschentun, wie einst, ein Fest; und zu Taten geleitete, schöner als Kriegsmusik, die jungen Helden Helios Licht. Stille! stille! Es war mein schönster Traum, mein erster und mein letzter. Du bist zu stolz, dich mit dem bübischen Geschlechte länger zu befassen. Du tust auch recht daran. Du führtest sie zur Freiheit und sie dachten an Raub. Du führst sie siegend in ihr altes Lacedämon ein und diese Ungeheuer plündern und verflucht bist du von deinem Vater, großer Sohn! und keine Wildnis, keine Höhle ist sicher genug für dich auf dieser griechischen Erde, die du, wie ein Heiligtum, geachtet, die du mehr, wie mich, geliebt.

O mein Hyperion! ich bin das sanfte Mädchen nicht mehr, seit ich das alles weiß. Die Entrüstung treibt mich aufwärts, daß ich kaum zur Erde sehen mag und unablässig zittert mein beleidigtes Herz.

Wir wollen uns trennen. Du hast recht. Ich will auch keine Kinder; denn ich gönne sie der Sklavenwelt nicht, und die armen Pflanzen welkten mir ja doch in dieser Dürre vor den Augen weg.

Lebe wohl! du teurer Jüngling! geh du dahin, wo es dir der Mühe wert scheint, deine Seele hinzugeben. Die Welt hat doch wohl Einen Walplatz, eine Opferstätte, wo du dich entledigen magst. Es wäre schade, wenn die guten Kräfte alle, wie ein Traumbild, so vergingen. Doch wie du auch ein Ende nimmst, du kehrest zu den Göttern, kehrst ins heilge, freie, jugendliche Leben der Natur, wovon du ausgingst, und das ist ja dein Verlangen nur und auch das meine.

So schrieb sie mir. Ich war erschüttert bis ins Mark, voll Schrecken und Lust, doch sucht ich mich zu fassen, um Worte zur Antwort zu finden.

Du willigest ein, Diotima? schrieb ich, du billigest mein Entsagen? konntest es begreifen? – Treue Seele! darein konntest du dich schicken? Auch in meine finstern Irren konntest du dich schicken, himmlische Geduld! und gabst dich hin, verdüstertest dich aus Liebe, glücklich Schoßkind der Natur! und wardst mir gleich und heiligtest durch deinen Beitritt meine Trauer? Schöne Heldin! welche Krone verdientest du?

Aber nun sei es auch des Trauerns genug, du Liebe! Du bist mir nachgefolgt in meine Nacht, nun komm! und laß mich dir zu deinem Lichte folgen, zu deiner Anmut laß uns wiederkehren, schönes Herz! o deine Ruhe laß mich wiedersehen, selige Natur! vor deinem Friedensbilde meinen Übermut auf immer mir entschlummern.

Nicht wahr, du Teure! noch ist meine Rückkehr nicht zu spät, und du nimmst mich wieder auf und kannst mich wieder lieben, wie sonst? nicht wahr, noch ist das Glück vergangner Tage nicht für uns verloren?

Ich hab es bis aufs Äußerste getrieben. Ich habe sehr undankbar an der mütterlichen Erde gehandelt, habe mein Blut und alle Liebesgaben, die sie mir gegeben, wie einen Knechtlohn, weggeworfen und ach! wie tausendmal undankbarer an dir, du heilig Mädchen! das mich einst in seinen Frieden aufnahm, mich, ein scheu zerrißnes Wesen, dem aus tiefgepreßter Brust sich kaum ein Jugendschimmer stahl, wie hie und da ein Grashalm auf zertretnen

Wegen. Hattest du mich nicht ins Leben gerufen? war ich nicht dein? wie konnt ich denn – o du weißt es, wie ich hoffe, noch nicht, hast noch den Unglücksbrief nicht in den Händen, den ich vor der letzten Schlacht dir schrieb? Da wollt ich sterben, Diotima, und ich glaubt, ein heilig Werk zu tun. Aber wie kann das heilig sein, was Liebende trennt? wie kann das heilig sein, was unsers Lebens frommes Glück zerrüttet? – Diotima! schöngebornes Leben! ich bin dir jetzt dafür in deinem Eigensten um so ähnlicher geworden, ich hab es endlich achten gelernt, ich hab es bewahren gelernt, was gut und innig ist auf Erden. O wenn ich auch dort oben landen könnte an den glänzenden Inseln des Himmels, fänd ich mehr, als ich bei Diotima finde?

Höre mich nun, Geliebte!

In Griechenland ist meines Bleibens nicht mehr. Das weißt du. Bei seinem Abschied hat mein Vater mir so viel von seinem Überflusse geschickt, als hinreicht, in ein heilig Tal der Alpen oder Pyrenäen uns zu flüchten, und da ein freundlich Haus und auch von grüner Erde so viel zu kaufen, als des Lebens goldene Mittelmäßigkeit bedarf.

Willst du, so komm ich gleich und führ an treuem Arme dich und deine Mutter und wir küssen Kalaureas Ufer und trocknen die Tränen uns ab, und eilen über den Isthmus hinein ans Adriatische Meer, von wo ein sicher Schiff uns weiter bringt.

O komm! in den Tiefen der Gebirgswelt wird das Geheimnis unsers Herzens ruhn, wie das Edelgestein im Schacht, im Schoße der himmelragenden Wälder, da wird uns sein, wie unter den Säulen des innersten Tempels, wo die Götterlosen nicht nahn, und wir werden sitzen am Quell, in seinem Spiegel unsre Welt betrachten, den Himmel und Haus und Garten und uns. Oft werden wir in heiterer Nacht im Schatten unsers Obstwalds wandeln und den Gott in uns, den liebenden, belauschen, indes die Pflanze aus dem Mittagsschlummer ihr gesunken Haupt erhebt und deiner Blumen stilles Leben sich erfrischt, wenn sie im Tau die zarten Arme baden, und die Nachtluft kühlend sie umatmet und durchdringt, und über uns blüht die Wiese des Himmels mit all ihren funkelnden Blumen und seitwärts ahmt das Mondlicht hinter westlichem Gewölk den Niedergang des Sonnenjünglings, wie aus Liebe schüchtern nach – und dann des Morgens, wenn sich, wie ein Flußbett unser Tal mit warmem Lichte füllt, und still die goldne Flut durch unsre Bäume rinnt, und unser Haus umwallt und die lieblichen Zimmer, deine Schöpfung dir verschönt, und du in ihrem Sonnenglanze gehst und mir den Tag in deiner Grazie segnest, Liebe! wenn sich dann, indes wir so die Morgenwonne feiern, der Erde geschäftig Leben, wie ein Opferbrand, vor unsern Augen entzündet, und wir nun hingehn, um auch unser Tagwerk, um von uns auch einen Teil in die steigende Flamme zu werfen, wirst du da nicht sagen, wir sind glücklich, wir sind wieder, wie die alten Priester der Natur, die heiligen und frohen, die schon fromm gewesen, eh ein Tempel stand.

Hab ich genug gesagt? entscheide nun mein Schicksal, teures Mädchen, und bald! – Es ist ein Glück, daß ich noch halb ein Kranker bin, von der letzten Schlacht her, und daß ich noch aus meinem Dienste nicht entlassen bin; ich könnte sonst nicht bleiben, ich müßte selbst fort, müßte fragen, und das wäre nicht gut, das hieße dich bestürmen. –

Ach Diotima! bange törichte Gedanken fallen mir aufs Herz und doch – ich kann es nicht denken, daß auch diese Hoffnung scheitern soll.

Bist du denn nicht zu groß geworden, um noch wiederzukehren zu dem Glück der Erde? verzehrt die heftige Geistesflamme, die an deinem Leiden sich entzündete, verzehrt sie nicht alles Sterbliche dir?

Ich weiß es wohl, wer leicht sich mit der Welt entzweit, versöhnt auch leichter sich mit ihr. Aber du, mit deiner Kinderstille, du, so glücklich einst in deiner hohen Demut, Diotima! wer will dich versöhnen, wenn das Schicksal dich empört?

Liebes Leben! ist denn keine Heilkraft mehr für dich in mir? von allen Herzenslauten ruft dich keiner mehr zurück, ins menschliche Leben, wo du einst so lieblich mit gesenktem Fluge dich verweilt? o komm, o bleib in dieser Dämmerung! Dies Schattenland ist ja das Element der Liebe und hier nur rinnt der Wehmut stiller Tau vom Himmel deiner Augen.

Und denkst du unsrer goldenen Tage nicht mehr? der holdseligen, göttlichmelodischen? säuseln sie nicht aus allen Hainen von Kalaurea dich an?

Und sieh! es ist so manches in mir untergegangen, und ich habe der Hoffnungen nicht viele mehr. Dein Bild mit seinem Himmelssinne, hab ich noch, wie einen Hausgott, aus dem Brande gerettet. Unser Leben, unsers ist noch unverletzt in mir. Sollt ich nun hingehn und auch dies begraben? Soll ich ruhelos und ohne Ziel hinaus, von einer Fremde in die andre? Hab ich darum lieben gelernt?

O nein! du Erste und du Letzte! Mein warst du, du wirst die Meine bleiben.

Hyperion an Bellarmin

Ich saß mit Alabanda auf einem Hügel der Gegend, in lieblichwärmender Sonn, und um uns spielte der Wind mit abgefallenem Laube. Das Land war stumm; nur hie und da ertönt' im Wald ein stürzender Baum, vom Landmann gefällt, und neben uns murmelte der vergängliche Regenbach hinab ins ruhige Meer.

Ich war so ziemlich sorglos; ich hoffte, nun meine Diotima bald zu sehn, nun bald mit ihr in stillem Glücke zu leben. Alabanda hatte die Zweifel alle mir ausgeredet; so sicher war er selbst hierüber. Auch er war heiter; nur in andrem Sinne. Die Zukunft hatte keine Macht mehr über ihn. O ich wußt es nicht; er war am Ende seiner Freuden, sah mit allen seinen Rechten an die Welt, mit seiner ganzen siegrischen Natur sich unnütz, wirkungslos und einsam, und das ließ er so geschehn, als wär ein zeitverkürzend Spiel verloren.

Jetzt kam ein Bote auf uns zu. Er bracht uns die Entlassung aus dem Kriegsdienst, um die wir beide bei der russischen Flotte gebeten, weil für uns nichts mehr zu tun war, was der Mühe wert schien. Ich konnte nun Paros verlassen, wenn ich wollte. Auch war ich nun zur Reise gesund genug. Ich wollte nicht auf Diotimas Antwort warten, wollte fort zu ihr, es war, als wenn ein Gott nach Kalaurea mich triebe. Wie das Alabanda von mir hörte, veränderte sich seine Farbe und er sah wehmütig mich an. So leicht wirds meinem Hyperion, rief er, seinen Alabanda zu verlassen?

Verlassen? sagt ich, wie denn das?

O über euch Träumer! rief er, siehest du denn nicht, daß wir uns trennen müssen?

Wie sollt ichs sehen? erwidert ich; du sagst ja nichts davon; und was mir hie und da erschien an dir, das wie auf einen Abschied deutete, das nahm ich gerne für Laune, für Herzensüberfluß –

O ich kenn es, rief er, dieses Götterspiel der reichen Liebe, die sich selber Not schafft, um sich ihrer Fülle zu entladen und ich wollt, es wäre so mit mir, du Guter! aber hier ists Ernst!

Ernst? rief ich, und warum denn?

Darum, mein Hyperion, sagt' er sanft, weil ich dein künftig Glück nicht gerne stören möchte, weil ich Diotimas Nähe fürchten muß. Glaube mir, es ist gewagt, um Liebende zu leben, und ein tatlos Herz, wie meines nun ist, hält es schwerlich aus.

Ach guter Alabanda! sagt ich lächelnd, wie mißkennst du dich! Du bist so wächsern nicht und deine feste Seele springt so leicht nicht über ihre Grenzen. Zum ersten Mal in deinem Leben bist du grillenhaft. Du machtest hier bei mir den Krankenwärter und man sieht, wie wenig du dazu geboren bist. Das Stillesitzen hat dich scheu gemacht –

Siehst du? rief er, das ists eben. Werd ich tätiger leben mit euch? und wenn es eine Andre wäre! aber diese Diotima! kann ich anders? kann ich sie mit halber Seele fühlen? sie, die um und um so innig Eines ist, Ein göttlich ungeteiltes Leben? Glaube mir, es ist ein kindischer Versuch, dies Wesen sehn zu wollen ohne Liebe. Du blickst mich an, als kenntest du mich nicht? Bin ich doch selbst mir fremd geworden, diese letzten Tage, seit ihr Wesen so lebendig ist in mir.

O warum kann ich sie dir nicht schenken? rief ich.

Laß das! sagt' er. Tröste mich nicht, denn hier ist nichts zu trösten. Ich bin einsam, einsam, und mein Leben geht, wie eine Sanduhr, aus.

Große Seele! rief ich, muß es dahin mit dir kommen?

Sei zufrieden! sagt' er. Ich fing schon an zu welken, da wir in Smyrna uns fanden. Ja! da ich noch ein Schiffsjung war und stark und schnell der Geist und alle Glieder mir wurden bei rauher Kost, in mutiger Arbeit! Wenn ich da in heiterer Luft nach einer Sturmnacht oben am Gipfel des Masts hing, unter der wehenden Flagge, und dem Seegevögel nach hinaussah über die glänzende Tiefe, wenn in der Schlacht oft unsre zornigen Schiffe die See durchwühlten, wie der Zahn des Ebers die Erd und ich an meines Hauptmanns Seite stand mit hellem Blick – da lebt ich, o da lebt ich! Und lange nachher, da der junge Tiniote mir nun am Smyrner Strande begegnete, mit seinem Ernste, seiner Liebe, und meine verhärtete Seele wieder aufgetaut war von den Blicken des Jünglings und lieben lernt' und heilig halten alles, was zu gut ist, um beherrscht zu werden, da ich mit ihm ein neues Leben begann, und neue seelenvollere Kräfte mir keimten zum Genusse der Welt und zum Kampfe mit ihr, da hofft ich wieder – ach! und alles was ich hofft und hatte, war an dich gekettet; ich riß dich an mich, wollte mit Gewalt dich in mein Schicksal ziehn, verlor dich, fand dich wieder, unsre Freundschaft nur war meine Welt, mein Wert, mein Ruhm; nun ists auch damit aus, auf immer und all mein Dasein ist vergebens.

Ist denn das wahr? erwidert ich mit Seufzen.

Wahr, wie die Sonne, rief er, aber laß das gut sein! es ist für alles gesorgt.

Wie so, mein Alabanda? sagt ich.

Laß mich dir erzählen, sagt' er. Ich habe noch nie dir ganz von einer gewissen Sache gesprochen. Und dann – so stillt es auch dich und mich ein wenig, wenn wir sprechen von Vergangenem.

Ich ging einst hülflos an dem Hafen von Triest. Das Kaperschiff, worauf ich diente, war einige Jahre zuvor gescheitert, und ich hatte kaum mit wenigen ans Ufer von Sevilla mich gerettet. Mein Hauptmann war ertrunken und mein Leben und mein triefend Kleid war alles, was mir blieb. Ich zog mich aus und ruht im Sonnenschein und trocknete die Kleider an den Sträuchen. Drauf ging ich weiter auf der Straße nach der Stadt. Noch vor den Toren sah ich heitere Gesellschaft in den Gärten, ging hinein, und sang ein griechisch lustig Lied. Ein trauriges kannt ich nicht. Ich glühte dabei vor Scham und Schmerz, mein Unglück so zur Schau zu tragen. Ich war ein achtzehnjähriger Knabe, wild und stolz, und haßt es wie den Tod, zum Gegenstande der Menschen zu werden. Vergebt mir, sagt ich, da ich fertig war mit meinem Liede; ich komme so eben aus dem Schiffbruch und weiß der Welt für heute keinen bessern Dienst zu tun, als ihr zu singen. Ich hatte das, so gut es ging, in spanischer Sprache gesagt. Ein Mann mit ausgezeichnetem Gesichte trat mir näher, gab mir Geld und sagt' in unserer Sprache mit Lächeln: Da! kauf einen Schleifstein dir dafür und lerne Messer schärfen und wandre so durchs feste Land. Der Rat gefiel mir. Herr! das will ich in der Tat; erwidert ich. Noch wurd ich reichlich von den übrigen beschenkt und ging und tat, wie mir der Mann geraten hatte, und trieb mich so in Spanien und Frankreich einige Zeit herum.

Was ich in dieser Zeit erfuhr, wie an der Knechtschaft tausendfältigen Gestalten meine Freiheitsliebe sich schärft' und wie aus mancher harten Not mir Lebensmut und kluger Sinn erwuchs, das hab ich oft mit Freude dir gesagt.

Ich trieb mein wandernd schuldlos Tagewerk mit Lust, doch wurd es endlich mir verbittert.

Man nahm es für Maske, weil ich nicht gemein genug daneben aussehn mochte, man bildete sich ein, ich treib im stillen ein gefährlicher Geschäft, und wirklich wurd ich zweimal in Verhaft genommen. Das bewog mich dann, es aufzugeben und ich trat mit wenig Gelde, das ich mir gewonnen, meine

Rückkehr an zur Heimat, der ich einst entlaufen war. Schon war ich in Triest und wollte durch Dalmatien hinunter. Da befiel mich von der harten Reise eine Krankheit und mein kleiner Reichtum ging darüber auf. So ging ich halbgenesen traurig an dem Hafen von Triest. Mit Einmal stand der Mann vor mir, der an dem Ufer von Sevilla meiner einst sich angenommen hatte. Er freute sich sonderbar, mich wieder zu sehen, sagte mir, daß er sich meiner oft erinnert und fragte mich, wie mirs indes ergangen sei. Ich sagt ihm alles. Ich sehe, rief er, daß es nicht umsonst war, dich ein wenig in die Schule des Schicksals zu schicken. Du hast dulden gelernt, du sollst nun wirken, wenn du willst.

Die Rede, sein Ton, sein Händedruck, seine Miene, sein Blick, das alles traf, wie eines Gottes Macht, mein Wesen, das von manchem Leiden jetzt gerad entzündbarer, als je, war, und ich gab mich hin.

Der Mann, Hyperion, von dem ich spreche, war von jenen einer, die du in Smyrna bei mir sahst. Er führte gleich die Nacht darauf in eine feierliche Gesellschaft mich ein. Ein Schauer überlief mich, da ich in den Saal trat und beim Eintritt mein Begleiter mir die ernsten Männer wies und sagte: Dies ist der Bund der Nemesis. Berauscht vom großen Wirkungskreise, der vor mir sich auftat, übermacht ich feierlich mein Blut und meine Seele diesen Männern. Bald nachher wurde die Versammlung aufgehoben, um in Jahren anderswo sich zu erneuern und ein jeder trat den angewiesenen Weg an, den er durch die Welt zu machen hatte. Ich wurde denen beigesellt, die du in Smyrna einige Jahre nachher bei mir fandst.

Der Zwang, worin ich lebte, folterte mich oft, auch sah ich wenig von den großen Wirkungen des Bundes und meine Tatenlust fand kahle Nahrung. Doch all dies reichte nicht hin, um mich zu einem Abfall zu vermögen. Die Leidenschaft zu dir verleitete mich endlich. Ich habs dir oft gesagt, ich war wie ohne Luft und Sonne, da du fort warst; und anders hatt ich keine Wahl; ich mußte dich aufgeben, oder meinen Bund. Was ich erwählte, siehst du.

Aber alles Tun des Menschen hat am Ende seine Strafe, und nur die Götter und die Kinder trifft die Nemesis nicht. Ich zog das Götterrecht des Herzens vor. Um meines Lieblings willen brach ich meinen Eid. War das nicht billig? muß das edelste Sehnen nicht das freieste sein? – Mein Herz hat mich beim Worte genommen; ich gab ihm Freiheit und du siehst, es braucht sie.

Huldige dem Genius Einmal und er achtet dir kein sterblich Hindernis mehr und reißt dir alle Bande des Lebens entzwei.

Verpflichtung brach ich um des Freundes willen, Freundschaft würd ich brechen um der Liebe willen. Um Diotimas willen würd ich dich betrügen und am Ende mich und Diotima morden, weil wir doch nicht Eines wären. Aber es soll nicht seinen Gang gehn; soll ich büßen, was ich tat, so will ich es mit Freiheit; meine eignen Richter wähl ich mir; an denen ich gefehlt, die sollen mich haben.

Sprichst du von deinen Bundesbrüdern? rief ich; o mein Alabanda! tue das nicht!

Was können sie mir nehmen, als mein Blut? erwidert' er. Dann faßt' er sanft mich bei der Hand. Hyperion! rief er, meine Zeit ist aus, und was mir übrig bleibt, ist nur ein edles Ende. Laß mich! mache mich nicht klein und fasse Glauben an mein Wort! Ich weiß so gut, wie du, ich könnte mir ein Dasein noch erkünsteln, könnte, weil des Lebens Mahl verzehrt ist, mit den Brosamen noch spielen, aber das ist meine Sache nicht; auch nicht die deine. Brauch ich mehr zu sagen? Sprech ich nicht aus deiner Seele dir? Ich dürste nach Luft, nach Kühlung, Hyperion! Meine Seele wallt mir über von selbst und hält im alten Kreise nicht mehr. Bald kommen ja die schönen Wintertage, wo die dunkle Erde nichts mehr ist, als die Folie des leuchtenden Himmels, da wär es gute Zeit, da blinken ohnedies gastfreundlicher die Inseln des Lichts! – dich wundert die Rede? Liebster! alle Scheidenden sprechen, wie Trunkne, und nehmen gerne sich festlich. Wenn der Baum zu welken anfängt, tragen nicht alle seine Blätter die Farbe des Morgenrots?

Große Seele, rief ich, muß ich Mitleid für dich tragen?

Ich fühlt an seiner Höhe, wie tief er litt. Ich hatte solches Weh im Leben nie erfahren. Und doch, o Bellarmin! doch fühlt ich auch die Größe aller Freuden, solch ein Götterbild in Augen und Armen zu haben. Ja! stirb nur, rief ich, stirb! Dein Herz ist herrlich genug, dein Leben ist reif, wie die Trauben am Herbsttag. Geh, Vollendeter! ich ginge mit dir, wenn es keine Diotima gäbe.

Hab ich dich nun? erwidert' Alabanda, sprichst du so? wie tief, wie seelenvoll wird alles, wenn mein Hyperion es einmal faßt! Er schmeichelt, rief ich, um das unbesonnene Wort zum zweiten Male mir abzulocken! gute Götter! um von mir Erlaubnis zu gewinnen zu der Reise nach dem Blutgericht!

Ich schmeichle nicht, erwidert' er mit Ernst, ich hab ein Recht, zu tun, was du verhindern willst, und kein gemeines! ehre das!

Es war ein Feuer in seinen Augen, das, wie ein Göttergebot, mich niederschlug und ich schämte mich, nur ein Wort noch gegen ihn zu sagen.

Sie werden es nicht, dacht ich mitunter, sie können es nicht. Es ist zu sinnlos, solch ein herrlich Leben hinzuschlachten, wie ein Opfertier, und dieser Glaube machte mich ruhig.

Es war ein eigner Gewinn, ihn noch zu hören, in der Nacht darauf, nachdem ein jeder für seine eigne Reise gesorgt, und wir vor Tagesanbruch wieder hinausgegangen waren, um noch einmal allein zusammen zu sein.

Weißt du, sagt' er unter andrem, warum ich nie den Tod geachtet? Ich fühl in mir ein Leben, das kein Gott geschaffen, und kein Sterblicher gezeugt. Ich glaube, daß wir durch uns selber sind, und nur aus freier Lust so innig mit dem All verbunden.

So etwas hab ich nie von dir gehört, erwidert ich.

Was wär auch, fuhr er fort, was wär auch diese Welt, wenn sie nicht wär ein Einklang freier Wesen? wenn nicht aus eignem frohem Triebe die Lebendigen von Anbeginn in ihr zusammenwirkten in Ein vollstimmig Leben, wie hölzern wäre sie, wie kalt? welch herzlos Machwerk wäre sie?

So wär es hier im höchsten Sinne wahr, erwidert ich, daß ohne Freiheit alles tot ist.

Ja wohl, rief er, wächst doch kein Grashalm auf, wenn nicht ein eigner Lebenskeim in ihm ist! wie viel mehr in mir! und darum, Lieber! weil ich frei im höchsten Sinne, weil ich anfangslos mich fühle, darum glaub ich, daß ich endlos, daß ich unzerstörbar bin. Hat mich eines Töpfers Hand gemacht, so mag er sein Gefäß zerschlagen, wie es ihm gefällt. Doch was da lebt, muß unerzeugt, muß göttlicher Natur in seinem Keime sein, erhaben über alle Macht, und alle Kunst, und darum unverletzlich, ewig.

Jeder hat seine Mysterien, lieber Hyperion! seine geheimern Gedanken; dies waren die meinen; seit ich denke.

Was lebt, ist unvertilgbar, bleibt in seiner tiefsten Knechtsform frei, bleibt Eins und wenn du es scheidest bis auf den Grund, bleibt unverwundet und wenn du bis ins Mark es zerschlägst und sein Wesen entfliegt dir siegend unter den Händen. – Aber der Morgenwind regt sich; unsre Schiffe sind wach. O mein Hyperion! ich hab es überwunden; ich hab es über mich vermocht, das Todesurteil über mein Herz zu sprechen und dich und mich zu trennen, Liebling meines Lebens! schone mich nun! erspare mir den Abschied! laß uns schnell sein! komm! –

Mir flog es kalt durch alle Gebeine, da er so begann.

O um deiner Treue willen, Alabanda! rief ich vor ihm niedergeworfen, muß es, muß es denn sein? Du übertäubtest mich unredlicherweise, du rissest in einen Taumel mich hin. Bruder! nicht so viel Besinnung ließest du mir, um eigentlich zu fragen, wohin gehst du?

Ich darf den Ort nicht nennen, liebes Herz! erwidert' er; wir sehn vielleicht uns dennoch einmal wieder.

Wiedersehn? erwidert ich; so bin ich ja um einen Glauben reicher! und so werd ich reicher werden und reicher an Glauben und am Ende wird mir alles Glaube sein.

Lieber! rief er, laß uns still sein, wo die Worte nichts helfen! laß uns männlich enden! Du verderbst die letzten Augenblicke dir.

Wir waren so dem Hafen näher gekommen.

Noch Eines! sagt' er, da wir nun bei seinem Schiffe waren. Grüße deine Diotima! Liebt euch! werdet glücklich, schöne Seelen!

O mein Alabanda! rief ich, warum kann ich nicht an deiner Stelle gehn?

Dein Beruf ist schöner, erwidert' er; behalt ihn! ihr gehörst du, jenes holde Wesen ist von nun an deine Welt – ach! weil kein Glück ist ohne Opfer, nimm als Opfer mich, o Schicksal, an, und laß die Liebenden in ihrer Freude! –

Sein Herz fing an, ihn zu überwältigen und er riß sich von mir und sprang ins Schiff, um sich und mir den Abschied abzukürzen. Ich fühlte diesen Augenblick, wie einen Wetterschlag, dem Nacht und Totenstille folgte, aber mitten in dieser Vernichtung raffte meine Seele sich auf, ihn zu halten, den teuren Scheidenden und meine Arme zückten von selbst nach ihm. Weh! Alabanda! Alabanda! rief ich, und ein dumpfes Lebewohl hört ich vom Schiffe herüber.

Hyperion an Bellarmin

Zufällig hielt das Fahrzeug, das nach Kalaurea mich bringen sollte, noch bis zum Abend sich auf, nachdem Alabanda schon den Morgen seinen Weg gegangen war.

Ich blieb am Ufer, blickte still, von den Schmerzen des Abschieds müd, in die See, von einer Stunde zur andern. Die Leidenstage der langsamsterbenden Jugend überzählte mein Geist, und irre, wie die schöne Taube, schwebt' er über dem Künftigen. Ich wollte mich stärken, ich nahm mein längstvergessenes Lautenspiel hervor, um mir ein Schicksalslied zu singen, das ich einst in glücklicher unverständiger Jugend meinem Adamas nachgesprochen.

Ihr wandelt droben im Licht
Auf weichem Boden, selige Genien!
Glänzende Götterlüfte
Rühren euch leicht,
Wie die Finger der Künstlerin
Heilige Saiten.

Schicksallos, wie der schlafende
Säugling, atmen die Himmlischen;
Keusch bewahrt
In bescheidener Knospe,
Blühet ewig
Ihnen der Geist,
Und die seligen Augen
Blicken in stiller
Ewiger Klarheit.

Doch uns ist gegeben,
Auf keiner Stätte zu ruhn,
Es schwinden, es fallen
Die leidenden Menschen
Blindlings von einer
Stunde zur andern,
Wie Wasser von Klippe
Zu Klippe geworfen,
Jahr lang ins Ungewisse hinab.

So sang ich in die Saiten. Ich hatte kaum geendet, als ein Boot einlief, wo ich meinen Diener gleich erkannte, der mir einen Brief von Diotima überbrachte.

So bist du noch auf Erden? schrieb sie, und siehest das Tageslicht noch? Ich dachte dich anderswo zu finden, mein Lieber! Ich habe früher, als du nachher wünschtest, den Brief erhalten, den du vor der Schlacht bei Tschesme schriebst und so lebt ich eine Woche lang in der Meinung, du habst dem Tod dich in die Arme geworfen, ehe dein Diener ankam mit der frohen Botschaft, daß du noch lebest. Ich hatt auch ohnedies noch einige Tage nach der Schlacht gehört, das Schiff, worauf ich dich wußte, sei mit aller Mannschaft in die Luft geflogen.

Aber o süße Stimme! noch hört ich dich wieder, noch einmal rührte, wie Mailuft, mich die Sprache des Lieben, und deine schöne Hoffnungsfreude, das holde Phantom unsers künftigen Glücks, hat einen Augenblick auch mich getäuscht.

Lieber Träumer, warum muß ich dich wecken? warum kann ich nicht sagen, komm, und mache wahr die schönen Tage, die du mir verheißen! Aber es ist zu spät, Hyperion, es ist zu spät. Dein Mädchen ist verwelkt, seitdem du fort bist, ein Feuer in mir hat mählich mich verzehrt, und nur ein kleiner Rest ist übrig. Entsetze dich nicht! Es läutert sich alles Natürliche, und überall windet die Blüte des Lebens freier und freier vom gröbern Stoffe sich los.

Liebster Hyperion! du dachtest wohl nicht, mein Schwanenlied in diesem Jahre zu hören.

Fortsetzung

Bald, da du fort warst, und noch in den Tagen des Abschieds fing es an. Eine Kraft im Geiste, vor der ich erschrak, ein innres Leben, vor dem das Leben der Erd erblaßt' und schwand, wie Nachtlampen im Morgenrot – soll ichs sagen? ich hätte mögen nach Delphi gehn und dem Gott der Begeisterung einen Tempel bauen unter den Felsen des alten Parnaß, und, eine neue Pythia, die schlaffen Völker mit Göttersprüchen entzünden, und meine Seele weiß, den Gottverlaßnen allen hätte der jungfräuliche Mund die Augen geöffnet und die dumpfen Stirnen entfaltet, so mächtig war der Geist des Lebens in mir! Doch müder und müder wurden die sterblichen Glieder und die ängstigende Schwere zog mich unerbittlich hinab. Ach! oft in meiner stillen Laube hab ich um der Jugend Rosen geweint! sie welkten und welkten, und nur von Tränen färbte deines Mädchens Wange sich rot. Es waren die vorigen Bäume noch, es war die vorige Laube – da stand einst deine Diotima, dein Kind, Hyperion, vor deinen glücklichen Augen, eine Blume unter den Blumen und die Kräfte der Erde und des Himmels trafen sich friedlich zusammen in ihr; nun ging sie, eine Fremdlingin unter den Knospen des Mais, und ihre Vertrauten, die lieblichen Pflanzen, nickten ihr freundlich, sie aber konnte nur trauern; doch ging ich keine vorüber, doch nahm ich einen Abschied um den andern von all den Jugendgespielen, den Hainen und Quellen und säuselnden Hügeln.

Ach! oft mit schwerer süßer Mühe bin ich noch, so lang ichs konnte, auf die Höhe gegangen, wo du bei Notara gewohnt, und habe von dir mit dem Freunde gesprochen, so leichten Sinns, als möglich war, damit er nichts von mir dir schreiben sollte; bald aber, wenn das Herz zu laut ward, schlich die Heuchlerin sich hinaus in den Garten, und da war ich nun am Geländer, über dem Felsen, wo ich einst mit dir hinab sah, und hinaus in die offne Natur, ach! wo ich stand, von deinen Händen gehalten, von deinen Augen umlauscht, im ersten schaudernden Erwarmen der Liebe und die überwallende Seele auszugießen wünschte, wie einen Opferwein, in den Abgrund des Lebens, da wankt ich nun umher und klagte dem Winde mein Leid, und wie ein scheuer Vogel, irrte mein Blick und wagt' es kaum, die schöne Erde anzusehn, von der ich scheiden sollte.

Fortsetzung

So ists mit deinem Mädchen geworden, Hyperion. Frage nicht wie? erkläre diesen Tod dir nicht! Wer solch ein Schicksal zu ergründen denkt, der flucht am Ende sich und allem, und doch hat keine Seele Schuld daran.

Soll ich sagen, mich habe der Gram um dich getötet? o nein! o nein! er war mir ja willkommen, dieser Gram, er gab dem Tode, den ich in mir trug, Gestalt und Anmut; deinem Lieblinge zur Ehre stirbst du, konnt ich nun mir sagen. –

Oder ist mir meine Seele zu reif geworden in all den Begeisterungen unserer Liebe und hält sie darum mir nun, wie ein übermütiger Jüngling, in der bescheidenen Heimat nicht mehr? sprich! war es meines Herzens Üppigkeit, die mich entzweite mit dem sterblichen Leben? ist die Natur in mir durch dich, du Herrlicher! zu stolz geworden, um sichs länger gefallen zu lassen auf diesem mittelmäßigen Sterne? Aber hast du sie fliegen gelehrt, warum lehrst du meine Seele nicht auch, dir wiederzukehren? Hast du das ätherliebende Feuer angezündet, warum hütetest du mir es nicht? – Höre mich, Lieber! um deiner schönen Seele willen! klage du dich über meinem Tode nicht an!

Konntest du denn mich halten, als dein Schicksal dir denselben Weg wies? und, hättst du im Heldenkampfe deines Herzens mir gepredigt – laß dir genügen, Kind! und schick in die Zeit dich – wärst du nicht der eitelste von allen eiteln gewesen?

Fortsetzung

Ich will es dir gerade sagen, was ich glaube. Dein Feuer lebt' in mir, dein Geist war in mich übergegangen; aber das hätte schwerlich geschadet, und nur dein Schicksal hat mein neues Leben mir tödlich gemacht. Zu mächtig war mir meine Seele durch dich, sie wäre durch dich auch wieder stille geworden. Du entzogst mein Leben der Erde, du hättest auch Macht gehabt, mich an die Erde zu fesseln, du hättest meine Seele, wie in einen Zauberkreis, in deine umfangenden Arme gebannt; ach! Einer deiner Herzensblicke hätte mich fest gehalten, Eine deiner Liebesreden hätte mich wieder zum frohen gesunden Kinde gemacht; doch da dein eigen Schicksal dich in Geisteseinsamkeit, wie Wasserflut auf Bergesgipfel trieb, o da erst, als ich vollends meinte, dir habe das Wetter der Schlacht den Kerker gesprengt und mein Hyperion sei aufgeflogen in die alte Freiheit, da entschied sich es mit mir und wird nun bald sich enden.

Ich habe viele Worte gemacht, und stillschweigend starb die große Römerin doch, da im Todeskampf ihr Brutus und das Vaterland rang. Was konnt ich aber bessers in den besten meiner letzten Lebenstage tun? – Auch treibt michs immer, mancherlei zu sagen. Stille war mein Leben; mein Tod ist beredt. Genug!

Fortsetzung

Nur Eines muß ich dir noch sagen.

Du müßtest untergehn, verzweifeln müßtest du, doch wird der Geist dich retten. Dich wird kein Lorbeer trösten und kein Myrtenkranz; der Olymp wirds, der lebendige, gegenwärtige, der ewig jugendlich um alle Sinne dir blüht. Die schöne Welt ist mein Olymp; in diesem wirst du leben, und mit den heiligen Wesen der Welt, mit den Göttern der Natur, mit diesen wirst du freudig sein.

O seid willkommen, ihr Guten, ihr Treuen! ihr Tiefvermißten, Verkannten! Kinder und Älteste! Sonn und Erd und Aether mit allen lebenden Seelen, die um euch spielen, die ihr umspielt, in ewiger Liebe! o nimmt die allesversuchenden Menschen, nimmt die Flüchtlinge wieder in die Götterfamilie, nimmt in die Heimat der Natur sie auf, aus der sie entwichen! –

Du kennst dies Wort, Hyperion! Du hast es angefangen in mir. Du wirsts vollenden in dir, und dann erst ruhn.

Ich habe genug daran, um freudig, als ein griechisch Mädchen zu sterben.

Die Armen, die nichts kennen, als ihr dürftig Machwerk, die der Not nur dienen und den Genius verschmähn, und dich nicht ehren, kindlich Leben der Natur! die mögen vor dem Tode sich fürchten. Ihr Joch ist ihre Welt geworden; Besseres, als ihren Knechtsdienst, kennen sie nicht; scheun die Götterfreiheit, die der Tod uns gibt?

Ich aber nicht! ich habe mich des Stückwerks überhoben, das die Menschenhände gemacht, ich hab es gefühlt, das Leben der Natur, das höher ist, denn alle Gedanken – wenn ich auch zur Pflanze würde, wäre denn der Schade so groß? – Ich werde sein. Wie sollt ich mich verlieren aus der Sphäre des Lebens, worin die ewige Liebe, die allen gemein ist, die Naturen alle zusammenhält? wie sollt ich scheiden aus dem Bunde, der die Wesen alle verknüpft? Der bricht so leicht nicht, wie die losen Bande dieser Zeit. Der ist nicht, wie ein Markttag, wo das Volk zusammenläuft und lärmt und auseinandergeht. Nein! bei dem Geiste, der uns einiget, bei dem Gottesgeiste, der jedem eigen ist und allen gemein! nein! nein! im Bunde der Natur ist Treue kein Traum. Wir trennen uns nur, um inniger einig zu sein, göttlicher friedlich mit allem, mit uns. Wir sterben, um zu leben.

Ich werde sein; ich frage nicht, was ich werde. Zu sein, zu leben, das ist genug, das ist die Ehre der Götter; und darum ist sich alles gleich, was nur ein Leben ist, in der göttlichen Welt, und es gibt in ihr nicht Herren und Knechte. Es leben umeinander die Naturen, wie Liebende; sie haben alles gemein, Geist, Freude und ewige Jugend.

Beständigkeit haben die Sterne gewählt, in stiller Lebensfülle wallen sie stets und kennen das Alter nicht. Wir stellen im Wechsel das Vollendete dar; in wandelnde Melodien teilen wir die großen Akkorde der Freude. Wie Harfenspieler um die Thronen der Ältesten, leben wir, selbst göttlich, um die stillen Götter der Welt, mit dem flüchtigen Lebensliede mildern wir den seligen Ernst des Sonnengotts und der andern.

Sieh auf in die Welt! Ist sie nicht, wie ein wandelnder Triumphzug, wo die Natur den ewigen Sieg über alle Verderbnis feiert? und führt nicht zur Verherrlichung das Leben den Tod mit sich, in goldenen Ketten, wie der Feldherr einst die gefangenen Könige mit sich geführt? und wir, wir sind wie die Jungfrauen und die Jünglinge, die mit Tanz und Gesang, in wechselnden Gestalten und Tönen den majestätischen Zug geleiten.

Nun laß mich schweigen. Mehr zu sagen, wäre zu viel. Wir werden wohl uns wieder begegnen. –

Trauernder Jüngling! bald, bald wirst du glücklicher sein. Dir ist dein Lorbeer nicht gereift und deine Myrten verblühten, denn Priester sollst du sein der göttlichen Natur, und die dichterischen Tage keimen dir schon.

O könnt ich dich sehn in deiner künftigen Schöne! Lebe wohl.

Zugleich erhielt ich einen Brief von Notara, worin er mir schrieb:

Den Tag, nachdem sie dir zum letzten Mal geschrieben, wurde sie ganz ruhig, sprach noch wenig Worte, sagte dann auch, daß sie lieber möcht im Feuer von der Erde scheiden, als begraben sein, und ihre Asche sollten wir in eine Urne sammeln, und in den Wald sie stellen, an den Ort, wo du, mein Teurer! ihr zuerst begegnet wärst. Bald darauf, da es anfing, dunkel zu werden, sagte sie uns gute Nacht, als wenn sie schlafen möcht, und schlug die Arme um ihr schönes Haupt; bis gegen Morgen hörten wir sie atmen. Da es dann ganz stille wurde und ich nichts mehr hörte, ging ich hin zu ihr und lauschte.

O Hyperion! was soll ich weiter sagen? Es war aus und unsre Klagen weckten sie nicht mehr.

Es ist ein furchtbares Geheimnis, daß ein solches Leben sterben soll und ich will es dir gestehn, ich selber habe weder Sinn noch Glauben, seit ich das mit ansah.

Doch immer besser ist ein schöner Tod, Hyperion! denn solch ein schläfrig Leben, wie das unsre nun ist.

Die Fliegen abzuwehren, das ist künftig unsre Arbeit und zu nagen an den Dingen der Welt, wie Kinder an der dürren Feigenwurzel, das ist endlich unsre Freude. Alt zu werden unter jugendlichen Völkern, scheint mir eine Lust, doch alt zu werden, da wo alles alt ist, scheint mir schlimmer, denn alles. –

Ich möchte fast dir raten, mein Hyperion! daß du nicht hieher kommst. Ich kenne dich. Es würde dir die Sinne nehmen. Überdies bist du nicht sicher hier. Mein Teurer! denk an Diotimas Mutter, denk an mich und schone dich!

Ich will es dir gestehn, mir schaudert, wenn ich dein Schicksal überdenke. Aber ich meine doch auch, der brennende Sommer trockne nicht die tiefern Quellen, nur den seichten Regenbach aus. Ich habe dich in Augenblicken gesehn, Hyperion! wo du mir ein höher Wesen schienst. Du bist nun auf der Probe, und es muß sich zeigen, wer du bist. Leb wohl.

So schrieb Notara; und du fragst, mein Bellarmin! wie jetzt mir ist, indem ich dies erzähle?

Bester! ich bin ruhig, denn ich will nichts Bessers haben, als die Götter. Muß nicht alles leiden? Und je trefflicher es ist, je tiefer! Leidet nicht die heilige Natur? O meine Gottheit! daß du trauern könntest, wie du selig bist, das konnt ich lange nicht fassen. Aber die Wonne, die nicht leidet, ist Schlaf, und ohne Tod ist kein Leben. Solltest du ewig sein, wie ein Kind und schlummern, dem Nichts gleich? den Sieg entbehren? nicht die Vollendungen alle durchlaufen? Ja! ja! wert ist der Schmerz, am Herzen der Menschen zu liegen, und dein Vertrauter zu sein, o Natur! Denn er nur führt von einer Wonne zur andern, und es ist kein andrer Gefährte, denn er. –

Damals schrieb ich an Notara, als ich wieder anfing aufzuleben, von Sizilien aus, wohin ein Schiff von Paros mich zuerst gebracht:

Ich habe dir gehorcht, mein Teurer! bin schon weit von euch und will dir nun auch Nachricht geben; aber schwer wird mir das Wort; das darf ich wohl gestehen. Die Seligen, wo Diotima nun ist, sprechen nicht viel; in meiner Nacht, in der Tiefe der Traurenden, ist auch die Rede am Ende. Einen schönen Tod ist meine Diotima gestorben; da hast du recht; das ists auch, was mich aufweckt, und meine Seele mir wiedergibt.

Aber es ist die vorige Welt nicht mehr, zu der ich wiederkehre. Ein Fremdling bin ich, wie die Unbegrabnen, wenn sie herauf vom Acheron kommen, und wär ich auch auf meiner heimatlichen Insel, in den Gärten meiner Jugend, die mein Vater mir verschließt, ach! dennoch, dennoch, wär ich auf der Erd ein Fremdling und kein Gott knüpft ans Vergangne mich mehr.

Ja! es ist alles vorbei. Das muß ich nur recht oft mir sagen, muß damit die Seele mir binden, daß sie ruhig bleibt, sich nicht erhitzt in ungereimten kindischen Versuchen.

Es ist alles vorbei; und wenn ich gleich auch weinen könnte, schöne Gottheit, wie du um Adonis einst geweint, doch kehrt mir meine Diotima nicht wieder und meines Herzens Wort hat seine Kraft verloren, denn es hören mich die Lüfte nur.

O Gott! und daß ich selbst nichts bin, und der gemeinste Handarbeiter sagen kann, er habe mehr getan, denn ich! daß sie sich trösten dürfen, die Geistesarmen, und lächeln und Träumer mich schelten, weil meine Taten mir nicht reiften, weil meine Arme nicht frei sind, weil meine Zeit dem wütenden Prokrustes gleicht, der Männer, die er fing, in eine Kinderwiege warf, und daß sie paßten in das kleine Bett, die Glieder ihnen abhieb.

Wär es nur nicht gar zu trostlos, allein sich unter die närrische Menge zu werfen und zerrissen zu werden von ihr! oder müßt ein edel Blut sich nur nicht schämen, mit dem Knechtsblut sich zu mischen! o gäb es eine Fahne, Götter! wo mein Alabanda dienen möcht, ein Thermopylä, wo ich mit Ehren sie verbluten könnte, all die einsame Liebe, die mir nimmer brauchbar ist! Noch besser wär es freilich, wenn ich leben könnte, leben, in den neuen Tempeln, in der neuversammelten Agora unsers Volks mit großer Lust den großen Kummer stillen; aber davon schweig ich, denn ich weine nur die Kraft mir vollends aus, wenn ich an Alles denke.

Ach Notara! auch mit mir ists aus; verleidet ist mir meine eigne Seele, weil ich ihrs vorwerfen muß, daß Diotima tot ist, und die Gedanken meiner Jugend, die ich groß geachtet, gelten mir nichts mehr. Haben sie doch meine Diotima mir vergiftet!

Und nun sage mir, wo ist noch eine Zuflucht? – Gestern war ich auf dem Aetna droben. Da fiel der große Sizilianer mir ein, der einst des Stundenzählens satt, vertraut mit der Seele der Welt, in seiner kühnen Lebenslust sich da hinabwarf in die herrlichen Flammen, denn der kalte Dichter hätte müssen am Feuer sich wärmen, sagt' ein Spötter ihm nach.

O wie gerne hätt ich solchen Spott auf mich geladen! aber man muß sich höher achten, denn ich mich achte, um so ungerufen der Natur ans Herz zu fliegen, oder wie du es sonst noch heißen magst, denn wirklich! wie ich jetzt bin, hab ich keinen Namen für die Dinge und es ist mir alles ungewiß.

Notara! und nun sage mir, wo ist noch Zuflucht?

In Kalaureas Wäldern? – Ja! im grünen Dunkel dort, wo unsre Bäume, die Vertrauten unsrer Liebe stehn, wo, wie ein Abendrot, ihr sterbend Laub auf Diotimas Urne fällt und ihre schönen Häupter sich auf Diotimas Urne neigen, mählich alternd, bis auch sie zusammensinken über der geliebten Asche, – da, da könnt ich wohl nach meinem Sinne wohnen!

Aber du rätst mir, wegzubleiben, meinst, ich sei nicht sicher in Kalaurea und das mag so sein.

Ich weiß es wohl, du wirst an Alabanda mich verweisen. Aber höre nur! zertrümmert ist er! verwittert ist der feste, schlanke Stamm, auch er, und die Buben werden die Späne auflesen und damit ein lustig Feuer sich machen. Er ist fort; er hat gewisse gute Freunde, die ihn erleichtern werden, die ganz eigentlich geschickt sind, jedem abzuhelfen, dem das Leben etwas schwer aufliegt; zu diesen ist er auf Besuch gegangen, und warum? weil sonst nichts für ihn zu tun ist, oder, wenn du alles wissen willst, weil eine Leidenschaft am Herzen ihm nagt, und weißt du auch für wen? für Diotima, die er noch im Leben glaubt, vermählt mit mir und glücklich – armer Alabanda! nun gehört sie dir und mir!

Er fuhr nach Osten hinaus und ich, ich schiffe nach Nordwest, weil es die Gelegenheit so haben will. –

Und nun lebt wohl, ihr Alle! all ihr Teuern, die ihr mir am Herzen gelegen, Freunde meiner Jugend und ihr Eltern und ihr lieben Griechen all, ihr Leidenden!

Ihr Lüfte, die ihr mich genährt, in zarter Kindheit, und ihr dunkeln Lorbeerwälder und ihr Uferfelsen und ihr majestätischen Gewässer, die ihr Großes ahnen meinen Geist gelehrt – und ach! ihr Trauerbilder, ihr, wo meine Schwermut anhub, heilige Mauern, womit die Heldenstädte sich umgürtet und ihr alten Tore, die manch schöner Wanderer durchzog, ihr Tempelsäulen und du Schutt der Götter! und du, o Diotima! und ihr Täler meiner Liebe, und ihr Bäche, die ihr sonst die selige Gestalt gesehn, ihr Bäume, wo sie sich erheitert, ihr Frühlinge, wo sie gelebt, die Holde mit den Blumen, scheidet, scheidet nicht aus mir! doch, soll es sein, ihr süßen Angedenken! so erlöscht auch ihr und laßt mich, denn es kann der Mensch nichts ändern und das Licht des Lebens kommt und scheidet, wie es will.

Hyperion an Bellarmin

So kam ich unter die Deutschen. Ich foderte nicht viel und war gefaßt, noch weniger zu finden. Demütig kam ich, wie der heimatlose blinde Oedipus zum Tore von Athen, wo ihn der Götterhain empfing; und schöne Seelen ihm begegneten –

Wie anders ging es mir!

Barbaren von alters her, durch Fleiß und Wissenschaft und selbst durch Religion barbarischer geworden, tiefunfähig jedes göttlichen Gefühls, verdorben bis ins Mark zum Glück der heiligen Grazien, in jedem Grad der Übertreibung und der Ärmlichkeit beleidigend für jede gutgeartete Seele, dumpf und harmonielos, wie die Scherben eines weggeworfenen Gefäßes – das, mein Bellarmin! waren meine Tröster.

Es ist ein hartes Wort und dennoch sag ichs, weil es Wahrheit ist: ich kann kein Volk mir denken, das zerrißner wäre, wie die Deutschen. Handwerker siehst du, aber keine Menschen, Denker, aber keine Menschen, Priester, aber keine Menschen, Herrn und Knechte, Jungen und gesetzte Leute, aber keine Menschen – ist das nicht, wie ein Schlachtfeld, wo Hände und Arme und alle Glieder zerstückelt untereinander liegen, indessen das vergoßne Lebensblut im Sande zerrinnt?

Ein jeder treibt das Seine, wirst du sagen, und ich sag es auch. Nur muß er es mit ganzer Seele treiben, muß nicht jede Kraft in sich ersticken, wenn sie nicht gerade sich zu seinem Titel paßt, muß nicht mit dieser kargen Angst, buchstäblich heuchlerisch das, was er heißt, nur sein, mit Ernst, mit Liebe muß er das sein, was er ist, so lebt ein Geist in seinem Tun, und ist er in ein Fach gedrückt, wo gar der Geist nicht leben darf, so stoß ers mit Verachtung weg und lerne pflügen! Deine Deutschen aber bleiben gerne beim Notwendigsten, und darum ist bei ihnen auch so viele Stümperarbeit und so wenig Freies, Echterfreuliches. Doch das wäre zu verschmerzen, müßten solche Menschen nur nicht fühllos sein für alles schöne Leben, ruhte nur nicht überall der Fluch der gottverlaßnen Unnatur auf solchem Volke. –

Die Tugenden der Alten sei'n nur glänzende Fehler, sagt' einmal, ich weiß nicht, welche böse Zunge; und es sind doch selber ihre Fehler Tugenden, denn da noch lebt' ein kindlicher, ein schöner Geist, und ohne Seele war von allem, was sie taten, nichts getan. Die Tugenden der Deutschen aber sind ein glänzend Übel und nichts weiter; denn Notwerk sind sie nur, aus feiger Angst, mit Sklavenmühe, dem wüsten Herzen abgedrungen, und lassen trostlos jede reine Seele, die von Schönem gern sich nährt, ach! die verwöhnt vom heiligen Zusammenklang in edleren Naturen, den Mißlaut nicht erträgt, der schreiend ist in all der toten Ordnung dieser Menschen.

Ich sage dir: es ist nichts Heiliges, was nicht entheiligt, nicht zum ärmlichen Behelf herabgewürdigt ist bei diesem Volk, und was selbst unter Wilden göttlichrein sich meist erhält, das treiben diese allberechnenden Barbaren, wie man so ein Handwerk treibt, und können es nicht anders, denn wo einmal ein menschlich Wesen abgerichtet ist, da dient es seinem Zweck, da sucht es seinen

Nutzen, es schwärmt nicht mehr, bewahre Gott! es bleibt gesetzt, und wenn es feiert und wenn es liebt und wenn es betet und selber, wenn des Frühlings holdes Fest, wenn die Versöhnungszeit der Welt die Sorgen alle löst, und Unschuld zaubert in ein schuldig Herz, wenn von der Sonne warmem Strahle berauscht, der Sklave seine Ketten froh vergißt und von der gottbeseelten Luft besänftiget, die Menschenfeinde friedlich, wie die Kinder, sind – wenn selbst die Raupe sich beflügelt und die Biene schwärmt, so bleibt der Deutsche doch in seinem Fach und kümmert sich nicht viel ums Wetter!

Aber du wirst richten, heilige Natur! Denn, wenn sie nur bescheiden wären, diese Menschen, zum Gesetze nicht sich machten für die Bessern unter ihnen! wenn sie nur nicht lästerten, was sie nicht sind, und möchten sie doch lästern, wenn sie nur das Göttliche nicht höhnten! –

Oder ist nicht göttlich, was ihr höhnt und seellos nennt? Ist besser, denn euer Geschwätz, die Luft nicht, die ihr trinkt? der Sonne Strahlen, sind sie edler nicht, denn all ihr Klugen? der Erde Quellen und der Morgentau erfrischen euern Hain; könnt ihr auch das? ach! töten könnt ihr, aber nicht lebendig machen, wenn es die Liebe nicht tut, die nicht von euch ist, die ihr nicht erfunden. Ihr sorgt und sinnt, dem Schicksal zu entlaufen und begreift es nicht, wenn eure Kinderkunst nichts hilft; indessen wandelt harmlos droben das Gestirn. Ihr entwürdiget, ihr zerreißt, wo sie euch duldet, die geduldige Natur, doch lebt sie fort, in unendlicher Jugend, und ihren Herbst und ihren Frühling könnt ihr nicht vertreiben, ihren Aether, den verderbt ihr nicht.

O göttlich muß sie sein, weil ihr zerstören dürft, und dennoch sie nicht altert und trotz euch schön das Schöne bleibt! –

Es ist auch herzzerreißend, wenn man eure Dichter, eure Künstler sieht, und alle, die den Genius noch achten, die das Schöne lieben und es pflegen. Die Guten! Sie leben in der Welt, wie Fremdlinge im eigenen Hause, sie sind so recht, wie der Dulder Ulyß, da er in Bettlersgestalt an seiner Türe saß, indes die unverschämten Freier im Saale lärmten und fragten, wer hat uns den Landläufer gebracht? Voll Lieb und Geist und Hoffnung wachsen seine Musenjünglinge dem deutschen Volk heran; du siehst sie sieben Jahre später, und sie wandeln, wie die Schatten, still und kalt, sind, wie ein Boden, den der Feind mit Salz besäete, daß er nimmer einen Grashalm treibt; und wenn sie sprechen, wehe dem! der sie versteht, der in der stürmenden Titanenkraft, wie in ihren Proteuskünsten den

Verzweiflungskampf nur sieht, den ihr gestörter schöner Geist mit den Barbaren kämpft, mit denen er zu tun hat.

Es ist auf Erden alles unvollkommen, ist das alte Lied der Deutschen. Wenn doch einmal diesen Gottverlaßnen einer sagte, daß bei ihnen nur so unvollkommen alles ist, weil sie nichts Reines unverdorben, nichts Heiliges unbetastet lassen mit den plumpen Händen, daß bei ihnen nichts gedeiht, weil sie die Wurzel des Gedeihns, die göttliche Natur nicht achten, daß bei ihnen eigentlich das Leben schal und sorgenschwer und übervoll von kalter stummer Zwietracht ist, weil sie den Genius verschmähn, der Kraft und Adel in ein menschlich Tun, und Heiterkeit ins Leiden und Lieb und Brüderschaft den Städten und den Häusern bringt.

Und darum fürchten sie auch den Tod so sehr, und leiden, um des Austernlebens willen, alle Schmach, weil Höhers sie nicht kennen, als ihr Machwerk, das sie sich gestoppelt. O Bellarmin! wo ein Volk das Schöne liebt, wo es den Genius in seinen Künstlern ehrt, da weht, wie Lebensluft, ein allgemeiner Geist, da öffnet sich der scheue Sinn, der Eigendünkel schmilzt, und fromm und groß sind alle Herzen und Helden gebiert die Begeisterung. Die Heimat aller Menschen ist bei solchem Volk und gerne mag der Fremde sich verweilen. Wo aber so beleidigt wird die göttliche Natur und ihre Künstler, ach! da ist des Lebens beste Lust hinweg, und jeder andre Stern ist besser, denn die Erde. Wüster immer, öder werden da die Menschen, die doch alle schöngeboren sind; der Knechtsinn wächst, mit ihm der grobe Mut, der Rausch wächst mit den Sorgen, und mit der Üppigkeit der Hunger und die Nahrungsangst; zum Fluche wird der Segen jedes Jahrs und alle Götter fliehn.

Und wehe dem Fremdling, der aus Liebe wandert, und zu solchem Volke kömmt, und dreifach wehe dem, der, so wie ich, von großem Schmerz getrieben, ein Bettler meiner Art, zu solchem Volke kömmt! –

Genug! du kennst mich, wirst es gut aufnehmen, Bellarmin! Ich sprach in deinem Namen auch, ich sprach für alle, die in diesem Lande sind und leiden, wie ich dort gelitten.

Hyperion an Bellarmin

Ich wollte nun aus Deutschland wieder fort. Ich suchte unter diesem Volke nichts mehr, ich war genug gekränkt, von unerbittlichen Beleidigungen, wollte nicht, daß meine Seele vollends unter solchen Menschen sich verblute.

Aber der himmlische Frühling hielt mich auf; er war die einzige Freude, die mir übrig war, er war ja meine letzte Liebe, wie konnt ich noch an andre Dinge denken und das Land verlassen, wo auch er war?

Bellarmin! Ich hatt es nie so ganz erfahren, jenes alte feste Schicksalswort, daß eine neue Seligkeit dem Herzen aufgeht, wenn es aushält und die Mitternacht des Grams durchduldet, und daß, wie Nachtigallgesang im Dunkeln, göttlich erst in tiefem Leid das Lebenslied der Welt uns tönt. Denn, wie mit Genien, lebt ich itzt mit den blühenden Bäumen, und die klaren Bäche, die darunter flossen, säuselten, wie Götterstimmen, mir den Kummer aus dem Busen. Und so geschah mir überall, du Lieber! – wenn ich im Grase ruht, und zartes Leben mich umgrünte, wenn ich hinauf, wo wild die Rose um den Steinpfad wuchs, den warmen Hügel ging, auch wenn ich des Stroms Gestade, die luftigen umschifft' und alle die Inseln, die er zärtlich hegt.

Und wenn ich oft des Morgens, wie die Kranken zum Heilquell, auf den Gipfel des Gebirgs stieg, durch die schlafenden Blumen, aber vom süßen Schlummer gesättiget, neben mir die lieben Vögel aus dem Busche flogen, im Zwielicht taumelnd und begierig nach dem Tag, und die regere Luft nun schon die Gebete der Täler, die Stimmen der Herde und die Töne der Morgenglocken herauftrug, und jetzt das hohe Licht, das göttlichheitre den gewohnten Pfad daherkam, die Erde bezaubernd mit unsterblichem Leben, daß ihr Herz erwarmt' und all ihre Kinder wieder sich fühlten – o wie der Mond, der noch am Himmel blieb, die Lust des Tags zu teilen, so stand ich Einsamer dann auch über den Ebnen und weinte Liebestränen zu den Ufern hinab und den glänzenden Gewässern und konnte lange das Auge nicht wenden.

Oder des Abends, wenn ich fern ins Tal hinein geriet, zur Wiege des Quells, wo rings die dunkeln Eichhöhn mich umrauschten, mich, wie einen Heiligsterbenden, in ihren Frieden die Natur begrub, wenn nun die Erd ein Schatte war, und unsichtbares Leben durch die Zweige säuselte, durch die Gipfel, und über den Gipfeln still die Abendwolke stand, ein glänzend Gebirg, wovon herab zu mir des Himmels Strahlen, wie die Wasserbäche flossen, um den durstigen Wanderer zu tränken –

O Sonne, o ihr Lüfte, rief ich dann, bei euch allein noch lebt mein Herz, wie unter Brüdern!

So gab ich mehr und mehr der seligen Natur mich hin und fast zu endlos. Wär ich so gerne doch zum Kinde geworden, um ihr näher zu sein, hätt ich so gern doch weniger gewußt und wäre geworden, wie der reine Lichtstrahl, um ihr näher zu sein! o einen Augenblick in ihrem Frieden, ihrer Schöne mich zu fühlen, wie viel mehr galt es vor mir, als Jahre voll Gedanken, als alle Versuche der allesversuchenden Menschen! Wie Eis, zerschmolz, was ich gelernt, was ich getan im Leben, und alle Entwürfe der Jugend verhallten in mir; und o ihr Lieben, die ihr ferne seid, ihr Toten und ihr Lebenden, wie innig Eines waren wir!

Einst saß ich fern im Feld, an einem Brunnen, im Schatten efeugrüner Felsen und überhängender Blütenbüsche. Es war der schönste Mittag, den ich kenne. Süße Lüfte wehten und in morgendlicher Frische glänzte noch das Land und still in seinem heimatlichen Aether lächelte das Licht. Die Menschen waren weggegangen, am häuslichen Tische von der Arbeit zu ruhn; allein war meine Liebe mit dem Frühling, und ein unbegreiflich Sehnen war in mir. Diotima, rief ich, wo bist du, o wo bist du? Und mir war, als hört ich Diotimas Stimme, die Stimme, die mich einst erheitert in den Tagen der Freude –

Bei den Meinen, rief sie, bin ich, bei den Deinen, die der irre Menschengeist mißkennt!

Ein sanfter Schrecken ergriff mich und mein Denken entschlummerte in mir.

O liebes Wort aus heilgem Munde, rief ich, da ich wieder erwacht war, liebes Rätsel, faß ich dich?

Und Einmal sah ich noch in die kalte Nacht der Menschen zurück und schauert und weinte vor Freuden, daß ich so selig war und Worte sprach ich, wie mir dünkt, aber sie waren, wie des Feuers Rauschen, wenn es auffliegt und die Asche hinter sich läßt –

„O du, so dacht ich, mit deinen Göttern, Natur! ich hab ihn ausgeträumt, von Menschendingen den Traum und sage, nur du lebst, und was die Friedenslosen erzwungen, erdacht, es schmilzt, wie Perlen von Wachs, hinweg von deinen Flammen!

Wie lang ists, daß sie dich entbehren? o wie lang ists, daß ihre Menge dich schilt, gemein nennt dich und deine Götter, die Lebendigen, die Seligstillen!

Es fallen die Menschen, wie faule Früchte von dir, o laß sie untergehn, so kehren sie zu deiner Wurzel wieder, und ich, o Baum des Lebens, daß ich wieder grüne mit dir und deine Gipfel umatme mit all deinen knospenden Zweigen! friedlich und innig, denn alle wuchsen wir aus dem goldnen Samkorn herauf!

Ihr Quellen der Erd! ihr Blumen! und ihr Wälder und ihr Adler und du brüderliches Licht! wie alt und neu ist unsere Liebe! – Frei sind wir, gleichen uns nicht ängstig von außen; wie sollte nicht wechseln die Weise des Lebens? wir lieben den Aether doch all und innigst im Innersten gleichen wir uns.

Auch wir, auch wir sind nicht geschieden, Diotima, und die Tränen um dich verstehen es nicht. Lebendige Töne sind wir, stimmen zusammen in deinem Wohllaut, Natur! wer reißt den? wer mag die Liebenden scheiden? –

O Seele! Seele! Schönheit der Welt! du unzerstörbare! du entzückende! mit deiner ewigen Jugend! du bist; was ist denn der Tod und alles Wehe der Menschen? – Ach! viel der leeren Worte haben die Wunderlichen gemacht. Geschiehet doch alles aus Lust, und endet doch alles mit Frieden.

Wie der Zwist der Liebenden, sind die Dissonanzen der Welt. Versöhnung ist mitten im Streit und alles Getrennte findet sich wieder.

Es scheiden und kehren im Herzen die Adern und einiges, ewiges, glühendes Leben ist Alles.“

So dacht ich. Nächstens mehr.

Friedrich
Hölderlin

Hyperion Eremit in Griechenland

Edition | Werke der Weltliteratur

Hölderlins großes Selbstbekenntnis im lyrischen Briefroman - des Meisters Seelenleben im jugendlichen Überschwang und in reicher, sprachlicher Klangfülle. Hölderlins Beschreibung Griechenlands verbindet Gegenwart und Vergangenheit, Traum um Hoffnung. Gröls-Verlag (Edition Werke der Weltliteratur)

Redaktion Gröls Belletristik

ISBN 978-3-96637-669-3